家頼み

本丸 目付部屋 15

藤木 桂

時代小説

二見時代小説文庫

目次

家頼《いえだの》み——本丸 目付部屋15

家頼《いえだの》み——本丸 目付部屋15・主な登場人物

妹尾十左衛門久継《せのおじゅうざえもんひさつぐ》……十名いる目付方の筆頭を務める練達者。千石の譜代の旗本。

赤堀小太郎乗顕《あかほりこたろうのりあき》……小十人頭《こじゅうにんがしら》から目付となった男。目付方にあって一番優しく朗らかな男。

山郷柳康《やまざとりゅうこう》……大名家が「家頼み」の契約をしている江戸城の表坊主。

三好熊之助《みよしくまのすけ》……徒目付《かち》。その名の「熊」とは真逆の色白で細身の優男。

佐伯等保《さえきとうほ》……二年前まで目付部屋の専任だった表坊主。

菊池立仙《きくちりゅうせん》……江戸城中の茶事を司る数寄屋《すきや》方の茶坊主。

本間柊次郎《ほんまとうじろう》……目付方配下として働く、若く有能な徒目付。

兼坂彦十郎《かねさかひこじゅうろう》……家禄三百石の旗本。各地に出向き留守が多い持高《もちだか》勤めの林《はやし》普請。目付方で一、二を争う剣客。

奈津江《なつえ》……彦十郎を婿に迎え家を守る、小柄で細身なため十代にも見える兼坂家の娘。

西根五十五郎恒貞《にしねいそごろうつねさだ》……目付の中でも辛辣で世間を斜めに見るようなところを持つ男。

節《せつ》……兼坂家に生け花や琴を習いに姑と通う、饅頭屋「たね屋」の二十三歳の女房。

牧原佐久三郎頼健《まきはらさくさぶろうよりたけ》……奥右筆組頭《おくゆうひつくみがしら》より目付となった切れ者。その経歴ゆえに「幕府の法」に明るい。

蜂谷新次郎勝重《はちやしんじろうかつしげ》……徒頭から目付方へと抜擢された男。「大坪流《おおつぼりゅう》」という古流馬術を習得している。

石山克兵衛《いしやまかつべえ》……蜂谷とは旧知の仲であった徒組十二組の徒頭。

松平右京大夫輝高《まつだいらうきょうだいぶてるたか》……御用部屋の中で一番気の短い次席老中。上野高崎藩《こうづけたかさきはん》八万二千石の権力者。

第一話　家頼《いえだの》み

一

江戸《えど》城の本丸御殿では正月年始のご挨拶《あいさつ》から始まって、四季折々さまざまな儀式や行事で、上様《うえさま》への拝謁《はいえつ》が行われる。

そんな拝謁行事の一つに、大名や一部の古参旗本による参勤交代《さんきんこうたい》時の、『参勤』や『暇《いとま》』のご挨拶があった。

参勤というのは字の通り、「参上して、勤務する」ということで、徳川《とくがわ》将軍家の臣下である大名たちにとっての「参勤」は、自分の国許《くにもと》から上様の御在所《ございしょ》である江戸へと出勤してくることだった。

参勤して成《な》すことは、幕府から与えられた江戸の屋敷に一年間滞在することで、

「いざ戦《いくさ》」という際に、幕府の軍隊の一部として戦えるよう、備えておくのが務めであった。

一方、「暇」はその逆で、一年間の江戸警固の任を終えて、自分の国許へと戻っていくことである。

この「参勤」で江戸に到着した時や、「暇」でこれから国許に帰ろうという際に、江戸城の本丸御殿にうかがって上様にご挨拶をするのだが、むろん、いつでも好きな時に拝謁できる訳ではない。

たとえば「参勤御礼《おれい》」の拝謁を願う場合には、大名たちは江戸の藩邸《はんてい》に到着した当日か翌朝のうちには、拝謁したい旨《むね》を幕府へ報告しておくのだが、拝謁の日時については上様にご負担をかけすぎないよう、すべて老中らが決めていた。

老中ら御用部屋《ごようべや》の上《うえ》つ方《かた》が日程の調整をしたうえで、後日、改めて老中方から「○月○日、○○の刻に登城するように……」という風に、正式な形で大名家に連絡が入れられるのだ。

それというのも何せ「大名」と呼ばれる武家は、上は御三家《ごさんけ》や御三卿《ごさんきょう》、加賀《かが》の前田《まえだ》家などからはじまって、下は石高一万石ちょうどの小身《しょうしん》の大名家まで合わせると、実に二百数十家もあるからである。

それゆえ一年間分の「参勤と暇の拝謁」の九割ほどは、四月十五日と十八日、六月十一日と十三日という、四日のうちのどれかに配分されて、一日のうちにまとめて数十家ずつ、上位の大名家から順番に、上様に拝謁させる形を取っていた。

明和《めいわ》七年（一七七〇）の四月十八日も、そうだった。

この日、「参勤」や「暇」のご挨拶に集まっていたのは四十六家で、そのなかで最も家格が高かったのは、伊勢《いせ》・津《つ》藩二十七万九百五十石の藩主家である『藤堂家《とうどうけ》』であった。

藤堂家の始祖といえる藤堂高虎《たかとら》は、その昔、江戸城の普請に大きく関わって、功を成し、神君・家康《いえやす》公からも絶大な信頼を得ていた人物である。

関ケ原《せきがはら》の合戦では、石田三成《いしだみつなり》の西軍側についたため、江戸幕府のなかでは外様《とざま》の大名家ではあったのだが、高虎が家康公よりの信任を得ていたこともあり、外様大名でありながらも別格に、譜代《ふだい》の大名なみの待遇を受けていた。

その藤堂家を筆頭に、四月十八日、一日《いちじつ》のうちに、実に四十六家もが次々に、拝謁していくのである。

この日の最初、上様は、『白書院《しろしょいん》』と呼ばれる公的な行事のための大座敷の上段にお見えになり、藤堂家の藩主が一番に呼ばれて、白書院の下段から「独礼《どくれい》」という、単独の形での拝謁を済ませた。

だが大名、皆が皆、白書院の下段で独礼ができる訳ではない。

大名家の格が下がれば、白書院下段の脇の廊下に五名ずつで居並《いなら》んで、そこから上段におわします上様へ、ご挨拶となった。

更に家格が下がれば、次には白書院下段の隣にある別の座敷から、集団の拝謁となる。この格の大名たちは、すでにもう五人といわず、何十人もの大勢で居並んで早くから準備を整えておき、白書院の下段まで上様が下りてきてくれるのを待って、ようやく拝謁に漕《こ》ぎつけるのである。

皆で居並んでいる大座敷と白書院下段の間には襖があり、藤堂家などが拝謁をしている間は、ずっと襖が閉まっているのだが、いよいよ集団の大名たちの出番となると、その襖を左右から老中二人が引き開けてくれて、下段から立ったままの上様が、ごく短くお言葉をくれる。

その短いお言葉が済むと、またすぐに老中たちが左右から襖を閉めてしまうので、居並んで待っている長い時間と比較をすると、本当に刹那《せつな》であった。

そんな具合に粛々《しゆくしゆく》と拝謁は済まされていき、大名たちは解放されて、おのおの自分の屋敷に帰るべく、下城の準備に取りかかる。

だがそんななかでも、すぐには帰途につかずに、しばしの間、本丸御殿内で休憩を取っていく大名たちがあった。「上様に拝謁する」というとんでもない緊張感で、心身ともに疲れきってしまい、その疲れを癒《いや》してから帰路につこうと考えて、本丸御殿内の、いわば裏手の小座敷などで、弁当を食して休憩を取ってから帰るのである。

この日、最も家格の高かった藤堂家の藩主も、この伝《でん》で、弁当を食べてから帰路につくつもりであった。

藤堂家の今の当主は、今年二十歳の藤堂和泉守《いずみのかみ》高悠《たかなが》である。高悠は去年の二月、先代の藩主の隠居に伴い、家督を継いだばかりなので、まだいっこうに江戸城にも、上様への拝謁にも慣れてはいない。

おまけに実は「病弱」という難があり、それゆえ拝謁が終わったあとも本丸御殿内に残って、少し休んでから帰ろうと考えた訳である。

そうした際の休憩場所は、本丸御殿内で執事《しつじ》のような役割をしている『表坊主《おもてぼうず》』の持ち部屋であった。

本丸御殿のなかには、基本、将軍家直々《じきじき》の家臣しか入れないことになっているから、直臣《じきしん》である大名と旗本と御家人のほかには、立ち入りは許されない。

つまりはどんな大大名も、自分の家臣を供として近くに置くことができないという訳で、本丸御殿のなかでは、すべて何でも自分一人でやり遂げなければならないのだ。

それなのに、本丸御殿はあまりにも広大で、部屋はどれも似たような大座敷ばかりであり、たとえば厠《かわや》に行きたくなっても、場所を教えてくれる者がなければ、迷ってしまって行き着けるものではない。

そうした際に、困った大名たちが「ちと、おぬし、厠はどこだ?」と、気軽く廊下で声をかけることができるのが、『表坊主』たちであった。

それというのも表坊主は、誰が見ても「あれは御殿の坊主だ」と判別ができるよう、頭を丸めた僧侶のような格好をしていて、その僧形《そうぎよう》で、執事よろしく、御殿内を歩きまわって、あれこれと雑用をこなしているのだ。

とはいえ表坊主も、必ず大名《じぶん》の目の前に都合よく通りかかってくれる訳ではないから、大名たちは自分を守ってくれる表坊主と、あらかじめ契約を交わしておく。

大名家は、この特別に契約を結んでいる表坊主のことを、「家頼《いえだの》み」と呼んで大事にしていた。

今日のような行事の際にも、大名家は何日も前に家頼みの表坊主に使いを出して、「四月十八日の拝謁に、我が主君が出席する予定であるから、よろしゅう頼む」と、予約をしておくのである。

そんな訳で、津藩藩主の藤堂和泉守高悠も、かねてより懇意にしている家頼みの表坊主・山郷柳康《やまざとりゅうこう》に、「拝謁の後、弁当を食しながら一休みしたいから、そなたの持ち部屋を貸してくれ」と、頼んであった。

緊張の拝謁を済ませた藤堂高悠が、山郷の案内でくだんの持ち部屋に入ると、そこは六畳ほどの、ごく狭い小座敷であった。

持ち部屋とはいっても、むろん山郷がいつでも一人で使える部屋という訳ではない。幾人かの古参の坊主《もの》どうしで組《くみ》になり、共同で使っているのだが、大名に貸す日が被《かぶ》らないよう、皆で上手く調整して「組の持ち部屋」として使っていた。

こうして表坊主が自分の持ち部屋を貸すことを「座敷貸《ざしきが》し」と呼ぶのだが、その代金は、しっかりと相場が決まっている。

たとえば十万石を超えるような大大名であるならば、一畳につき年間で二両ほどで、一、二万石の小大名なら年間で二分《ぶ》（一両の半分）、その間の三万石以上、十万石未満の大名の場合は、坊主と大名、双方の相談で決められることが多かった。

藩主になったばかりの高悠はまだ知らなかったが、今日のこの座敷貸しも、広さは六畳であるから、年間で十二両もの代金となる。

それでも一応、その分を精一杯に尽くそうとはしているようで、毛氈《もうせん》を敷きのべたり、花を飾ったり、茶や菓子を用意したりしてくれていた。

その毛氈の上に座し、二十歳の高悠が弁当を食べ始めて、しばらく経った時だった。

ガチャーンと天井の向こうの二階から、茶碗が割れるような音がして、続けて誰かの怒鳴り声と、山郷柳康のものらしい、それに必死に謝《あやま》る声が聞こえてきた。

「おのれッ！　この私を、小大名と思うて、馬鹿にするつもりかッ！」

怒りの主は、どうやらどこかの大名のようである。

「とんでもございません！　そのようなつもりは、まことに、微塵《みじん》も……」

「うるさい！　黙れ！　黙らぬかッ！」

階上からは、依然、怒鳴り声と、山郷が必死に言い訳をする声とが続いている。

その声の内容に、懸命に耳を澄ませているうちに、高悠はいたたまれない気持ちになってきた。

どうやら大名が激怒している理由は、山郷がその大名を二階の狭小な薄暗い座敷に通したのが原因のようで、「なぜ、いつものおまえの部屋に通さぬのだ？」と怒る声も聞こえたから、たぶんこの座敷のことなのであろう。

予想をするに、今日はこの山郷の持ち部屋を高悠《こちら》が使ってしまったから、その大名が二階の部屋に通されることとなり、「小大名と見て、馬鹿にしおって！」と怒り狂っているようだった。

こんなことになるのなら、御殿のなかで休憩など取らずに、すぐに自家の上屋敷に戻ってしまえばよかったと思ったが、すでに後の祭りである。

もう弁当なんぞは喉を通るものではなく、高悠は休憩どころか、かえってどんどん血の気の引いていくのを感じるのだった。

その後しばらくして自家の上屋敷に無事に戻れた高悠が、家臣たちに命じて調べさせたところ、二階で怒っていた大名は、大和《やまと》・高取《たかとり》藩二万五百石の藩主、植村出羽守《うえむらでわのかみ》家久《いえひさ》であったという。

そんな一件があった四月十八日から、四日が経った四月二十二日の晩のことである。くだんの表坊主「山郷柳康」は、とある町なかで夜陰に乗じた何者かに襲われて、あわや命を落とすかというほどの大怪我をさせられたのである。

二

幕臣である「表坊主の山郷」が襲われたという一報は、早くもその日の晩のうちに、江戸城本丸御殿内の目付部屋に届けられた。

夜半の目付《めつけ》部屋に残っていたのは、二人一組で務めるのが規則《きまり》のその日の『宿直《とのい》番《ばん》』、目付筆頭で四十八歳の「妹尾十左衛門久継《せのおじゅうざえもんひさつぐ》」と、十名いる目付の一人で、今年三十二歳になった「赤堀小太郎乗顕《あかほりこたろうのりあき》」の二名である。

対して報告《しらせ》を持って駆けつけてきたのは、「三好熊之助《みよしくまのすけ》」という二十三歳の徒目付《かちめつけ》であったが、その三好は、「熊」のつく名におよそ似合わない色白で細身の優男《やさおとこ》であった。

こたびの一報は、山郷が倒れていた場所が大伝馬町《おおでんまちょう》の路地裏であったため、町人地の支配をしている『町方《まちかた》』からきたという。本丸御殿の玄関脇には目付方の番所があり、そこには常時、数名の徒目付が交替制で詰めて、主には城外《そと》からの通報を受け付けているのだが、その番所に、つい今しがた駆け込んできたのが、南町奉行所からの使いの同心《どうしん》であったそうだった。

「まだ詳しゅうは判らないのでございますが、どうやら頭や肩のあたりを棒で殴られたようにてございまして、今は『遠州屋《えんしゅうや》』と申す大伝馬町の太物《ふともの》（木綿《もめん》問屋）に寝かされて、そこに町医者が来ているそうにてござりまする」

「棒にて殴られたということは、町人にやられたということか？」

三好の報告を聞き終えて、真っ先に口を開いたのは赤堀小太郎である。

帯刀《たいとう》している武家の者が襲ったのなら、凶器は棒などではなく、刀というのが普通であろうと考えての言であったが、その赤堀の予想に反して、三好は首を横に振ってきた。

「いえ、それが、『下手人《げしゅにん》らしき男を見た』という遠州屋の者が申しますには、両刀を腰にして頭巾を被《かぶ》った、着流しの姿であったということで……」

「なれば、浪人者か幕臣か、陪臣《ばいしん》というあたりだが……」

横手から呟《つぶや》くようにそう言ったのは、十左衛門である。

やられた側の山郷が幕臣だから、むろん目付方が調査《しらべ》を進めても問題はなかろうが、下手人がどういう身分の者かによって、後々の調査の難しさが変わってくる。

下手人が幕臣ならば目付方だけで動けるし、浪人者であれば「町人」の範疇《くくり》に入るから町方と連携を取り合って調査を進めればいいだけの話だが、もし下手人が陪臣であった際には、かなり面倒な調査になる。

陪臣というのは、大名や旗本や御家人の家臣のことを指すのだが、旗本や御家人の家臣ならまだしも、縦《よ》し下手人が大名家の家臣であったとしたら、おいそれとは手を出せないであろうと思われた。

「して、その『遠州屋』の手代と申す者は、下手人の顔形は見たようか？」

十左衛門の問いに、三好熊之助はまたも首を横に振ってきた。

「いえ……。まだそこまでは、何とも……」

目付部屋《ここ》に来る前、実は三好も、くだんの南町奉行所からの使いに同じことを訊ねてみたそうなのだが、その使いの同心自身も、まだ詳しくは判らないということだった。

「なれば、ご筆頭。ちと私、これよりさっそくに出向いて、見てまいりまする」

軽い調子で横から言ってきたのは赤堀で、言葉の通り、早くも腰を上げかけている。この時刻からはるばる大伝馬町の町場まで調査に出張《でば》るとなれば、おそらくは徹夜のような状況になるであろうと考えて、さりげなく十左衛門《こちら》を庇ってくれているに違いなかった。

「かたじけない。赤堀どの、よろしゅう頼む」

「ははっ」

明るい笑顔を見せると、赤堀は三好熊之助とともに、颯爽と目付部屋を出ていくのだった。

三

遠州屋があるという大伝馬町は、江戸と奥州《おうしゆう》とを繋ぐ『奥州道中（街道）』沿いにある町で、人馬や荷車が盛んに行き交うにぎやかな場所である。ことに大伝馬町の一丁目には、幕府創成期の昔から木綿を扱う商家が集まっていて、通りには大店《おおだな》の太物問屋ばかりが、ずらりと軒を並べていた。

この大伝馬町の一丁目に並ぶ太物屋の大店の多くは、店の正面の壁一面を黒漆喰《くろしつくい》で塗り固めた堂々たる店構えなため、今のように夜間になると、黒漆喰が夜の闇に溶けて、ほかの町並みよりも一段、二段、暗くなる。

その暗闇に目を凝《こ》らして、『呉服 太物 御用達《ごようたし》 遠州屋』という看板を見つけると、赤堀は、使いに来てくれた南町奉行所の同心の案内で、三好ら数人の配下とともに店に入った。

江戸城《しろ》からの「御目付さま一行」を出迎えて、急ぎ応対に出てきたのは、遠州屋の主人と思われる人物である。見たところ四十半ばくらいの恰幅《かつぷく》のいい男で、いかにも幕府御用達の商人という風な、派手ではないが金のかかった身なりをしていた。

「主人《あるじ》の嘉兵衛《かへえ》と申します。このたびは夜分にご足労をおかけいたしまして、申し訳ございません」

「いや、そなたこそ、人助けとは申せ、夜分に難儀《なんぎ》なことであったな。拙者、目付の赤堀小太郎と申す。さっそくだが、ちと怪我人のもとに案内《あない》を頼めるか」

「はい。むさくるしゅうはございますが、どうぞ奥へとお渡りくださいませ」

その言葉の通り、案内されたのは奥の奥、大きな商家にはよくある店先から奥へと続く長い廊下を、ずんずんと行ききった離れであった。

「どうぞ、こちらでございます」

と、嘉兵衛が襖を開けた先を目にして、赤堀は驚いた。

上等な布団に寝かされている「山郷柳康」らしき怪我人は、頭や肩を晒《さらし》でぐるぐる巻きにされた重傷の体《てい》だったのである。

晒を巻かれて左半分しか見えていない顔にも、開けた首元のあたりにも、明らかに血を拭き取った跡がある。殴られたという頭部から、ひどく流血したのであろう。

今も高熱に浮かされているらしく、正常な意識のない状態であることは、説明を待たずに見て取れた。

「……これで、会話《はなし》ができたのか?」

赤堀が訊ねると、

「いえ……」

と、嘉兵衛も首を横に振ってきた。

「うちの手代がお見かけした時には、もうすでに血を流して倒れていらしたそうでございまして、声をかけても、お応《こた》えはなかったと……」

「いや、したが、『表坊主の山郷』と、名を……」

そも赤堀《こちら》は目付部屋でこたびの一報を聞いた時、「表坊主の山郷柳康という幕臣が襲われた」と、名や役職までが判った状態であったため、遠州屋に助けられた山郷自身の口で名乗ったのであろうと、そう考えていたのである。

だが遠州屋の主人の返答は、予想外のものだった。

「実を申しますと、以前から山郷さまには何かと懇意《こんい》にしていただいておりまして、今日なども久方ぶりに、ぶらりとお立ち寄りいただきましたので、当方で無理にお引き止めをいたしまして、内々《うちうち》の粗末なものではございましたが、私と夕餉《ゆうげ》をともにしていただきまして……」

そうしてかれこれ二刻（約四時間）あまり、嘉兵衛と二人ゆっくりと酒食をともにして、すでにとっぷりと日も暮れた五ツ刻《どき》（夜八時頃）、山郷はいつものように遠州屋の裏口の木戸から出ていったという。

その山郷柳康を、番頭や手代とともに木戸の外まで出て見送って、皆でまた木戸を抜けて敷地の内《なか》へと戻ってきたそうなのだが、一番最後に戻ってきた手代が裏木戸に内側から閂《かんぬき》をかけていた時に、事件《こと》は起こった。

誰の声だか判らないほどのごく短いものではあったが、塀の外から、たしかに鋭く男の悲鳴が聞こえてきたのである。

ギョッとして立ち止まった主人の嘉兵衛や番頭を抑《おさ》えて、閂をかけたその手代が、

「私が見てまいります。危のうございますので、どうか、こちらでお待ちを……」と
そう言って、一人で木戸を出て見に行ったらしい。

そうして怖々《こわごわ》見まわしてみた暗い路地の先に、地べたに倒れている山郷と、現場から慌てて逃げていく男の姿を目撃したというのだ。

「その男が、着流しで頭巾を被った武士《さむらい》であったという訳か……」

赤堀が言うと、

「はい」

と、嘉兵衛はうなずいて、自分の後ろに控えている手代らしき者を振り返った。

「ほれ、昇助《しょうすけ》。こうしたことは、おまえの口から直《じか》に申し上げたほうがよい。なる

だけ細《こま》こう部分《ところ》まで思い出して、慎重にな」

「はい」

　昇助と呼ばれて一膝前に出てきた手代は、見たところ二十八、九の、いかにも実直そうな眼差しをした男であった。

「なれば、昇助どの。そなたが今、覚えているかぎりに、その武士の顔つきなり、着ていたものなりと、話してはもらえぬか」

「はい。ただ何ぶんにも夜分なうえに、あちらは頭巾で目鼻しか出してはおりませんでしたので、提灯《ちょうちん》で照らしましても、顔ははっきりとは判りませんで……。ですが、たしかに着流しは、『藍鼠《あいねず》』の『千筋《せんすじ》』でございました」

「あいねずのせんすじ？」

　着物のことを言っているのだろうとは思ったが、それがどんなものなのか、赤堀にはさっぱり判らない。

　すると、そんな赤堀の様子を見て取って、

「相済みません……」

　と、手代が慌てて謝ってきた。

「『藍鼠』と申しますのは、青みがかった鼠色《ねずみいろ》のことでございまして、『千筋』と申しますほうは、千本の筋が引かれておりますような、しごく細かい縞《しま》の柄《がら》にてございます」

「なるほど……。それで藍鼠に千筋か……」

説明を受けてみれば、どちらもなかなかに判りやすい名づけである。

「いや、したが、やはり呉服の商売《あきない》だけに、一目でそうして見て取れるとは大《たい》したものだな」

赤堀が感心して続けると、手代は、本気で恐縮したようだった。

「満足に覚えておりますのは着る物ばかりで、申し訳ございません。肝心の身の丈《たけ》や肉置《ししお》き（肉付き）に、なんぞ際立《きわだ》ったところなど見て取れればよかったのでございますが……」

提灯を差し向けて見たかぎりでは、いわゆる「中肉中背」という風で、頭頂から首元まですっぽりと黒い頭巾を被り、見えていたのは両目と鼻だけだったという。

「ただ腰に、大小ともに差していたのは確かでございますので、やはりお武家さまには間違いないかと……」

「なら、やはり、ご浪人の『辻斬《つじぎ》り』のごときでございましょうか？」

横手から言ってきたのは、主人の嘉兵衛である。

「実はつい先ほども皆で話しておりましたのですが、山郷さまは御役目柄《おやくめ》、剃髪《ていはつ》なさっておいでてございますし、もしや金貸しの『座頭《ざとう》』か何かに間違えられて、金目当ての輩《やから》に襲われたのではございませんかと……」

座頭というのは「自分は目が不自由である」として、正式に幕府に届けを出してある盲人のことなのだが、幕府はそうした者たちの救済策として、金貸しで儲《もう》けることを黙認している。

普通の金貸し業の者らに対しては「これ以上の高利は許さぬぞ！」と、幕府は利率の上限を厳しく定めているのだが、正式に盲人の届けを出した者たちに対しては、利率の設定の自由を許しているのである。

それゆえ座頭たちのなかには、いつでもすぐに金融に応じるかわりに、異常なほどの高利を取るという形の金貸し業をしている者も多く、そうした座頭たちによる高利な貸し金は、世間では「座頭金《きん》」などと呼ばれて、何かと揶揄《やゆ》されているのだ。

座頭たちはそういった金貸し業のほかにも、按摩《あんま》や鍼灸《はりきゆう》、琵琶奏者《びわそうしや》などを兼業していることが多く、「剃髪で着流し」という格好が普通である。

対して山郷ら表坊主たちは、江戸城内でお役目に立ち働く際には「剃髪で僧衣」姿だが、今日のように非番の時は普段着なため、「剃髪で着流し」か、寒ければ「その上に羽織を着る」程度で、つまりは座頭たちの日常着にそっくりになってしまう。

それで今日、山郷も「金貸しの座頭」に間違えられて、懐《ふところ》の財布を狙われたのではないかというのだ。

「こたびは悲鳴を聞きつけて、すぐに昇助が木戸から顔を出しましたので、懐を探る暇などなかったのでございましょうが、普通であれば、うちの裏手は、夜分はほとんど人の通りはございません。そんな、このあたりに土地勘《かん》のある悪党が、山郷さまを座頭と間違えて襲ったのやもしれませんし……」

「ですが赤堀さま、もしそうした浪人者の物盗りの類《たぐ》いであれば、それこそ腰の刀を使って、『辻斬り』の暴挙に出るのではございませんでしょうか」

後ろから遠慮がちに口を出してきたのは、供をしてきた徒目付、三好熊之助である。

「武士ならば、何もわざわざ棒っ切れなんぞを用意して、振りまわす必要もございますまいし……」

「うむ。まあ、たしかにな……」

赤堀は言いよどむと、その場にいる遠州屋の者たちや、案内してきてくれた町方の同心、そして三好熊之助と順番に、改めてぐるりと見渡した。

こうして、せっかく町人の嘉兵衛や配下の三好が、何かと声を掛けづらいであろう

「幕府目付」の赤堀を相手に、自分たちの見解を口にしてくれたのだから、その気持ちを無にして上から物を言うような真似《まね》はしたくない。

皆が気を遣って、無理にこちらの意見に合わせてきたりせぬようにと、赤堀はわざと軽い調子でこう言った。

「縦《よ》し、これが金目当ての強盗であろうが、怨恨《うらみ》あっての暴行であろうが、いずれにしてもおそらくは、両刀を差した武士であることを隠して町人の犯行《しわざ》に見せかけようと、わざわざ棒っ切れなんぞで襲ったのであろうな」

襲われたのは表坊主の山郷で「幕臣」だから、まずは目付方であるこちらが、山郷に恨みを持つ者がおらぬかどうかを、探らなければならない。

そんな人物が上手《うま》い具合に焙《あぶ》り出されて、下手人がはっきり「誰」と判ればよいが、もしも「怨恨の筋はなさそうだ」ということになれば、また一から、行きずりの強盗の類いを探さなければならないだろう。

そうなれば、怨恨の線で調査を進めていくよりも、当てがない分だけ途方もなくて、大変な調査になろうと思われた。

「もしもこの界隈《かいわい》で、行きずりの物盗りが出るのであれば、町場の者にも当然、被害が出ましょうゆえ、私ども町方は、そうした物盗りがおらぬかどうか、そちらの線で、まずは調査《しらべ》を進めてまいりまする」

とうとう横手から、町方の同心が言ってきた。

「かたじけない……。なれば、こちらも、この山郷に町人が関わる何ぞかが見つかった際には、すぐにもお報せにまいりますゆえ」

山郷当人はといえば、あまりの重傷で、とてものこと動かせる状態ではない。

「山郷さまのお屋敷にお運びできるようになるまでは、心して、この遠州屋でお預かりをいたします」

と、遠州屋の主人・嘉兵衛が口に出してくれたのを潮《しお》に、赤堀は三好ら数名の配下を遠州屋に見張りとして残すと、自身は宿直の番に戻るため、江戸城へと帰っていくのだった。

四

表坊主の山郷柳康について、幾人かの配下たちとともに調査を進めていた徒目付の三好が、「まずは第一報を……」と、目付部屋まで報告に来たのは三日後のことだった。

赤堀を訪ねて三好が顔を出した時、目付部屋には筆頭の十左衛門も居たため、赤堀は「ご筆頭」にもお越しを願い、余人を気にせずに話ができる目付方の下部屋《したべや》（専用の準備部屋）へと移ってきた。

そんな訳で、今ここには赤堀と十左衛門、あとは三好熊之助のみである。

この一件で小人《こびと》目付ら配下の取りまとめを任された三好は、幾人かの配下とともに神田《かんだ》にある山郷の屋敷に事件《こと》の次第を報せに走り、そのまま「山郷家の警固」も兼ねて、内側から山郷柳康の日常の暮らしぶりを探り始めたのである。

「襲われた経緯が『怨恨』にあれば、もしやして遠州屋か神田の屋敷のほうへ、山郷の容態を探りに何者かが動くやもしれませんし、更には『どうあっても山郷を殺さん』として、再度、命を狙うような輩《やから》が近づいてくることもあろうかと、気を張っておりましたのですが……」

だが実際のところ、山郷の屋敷に近づいてきたのは、そういった下手人らしき人物ではなく、幾つもの大名家からの使いだったというのだ。

「大名家の……？」

そう言って赤堀は、一瞬、目を丸くしたが、すぐに事態が呑み込めたようだった。

「なるほど……。山郷を『家頼み』にしていた諸大名家が、今後、山郷柳康が表坊主に立ち戻れるか否《いな》かを確かめに来たという訳か」

「はい。いや、まこと、どこでどうして聞きつけてきたものやら、あの耳の早さは何とも空恐ろしゅうございますが、私があの家におりました昨日、今日だけでも、実にもう七つものお大名家が『見舞い』と称して、容態を探りにまいりましたので……」

どうして誰に襲われたようなのか、どこにどれほどの怪我をしたのか、城のお役目に戻ることができるのはいつ頃になりそうかなどと、質問攻めのような状態であったという。

「山郷家の家人との取り決めで、外部《そと》から客人が来た際には、目付方《われら》が襖一枚隔《へだ》てた形で隣室《となり》に潜《ひそ》み、縦《よ》しその客が暴漢の類いであれば、すぐに救出《たすけ》に入るからと、客との対談《はなし》もすべて聞いていたのでございますが、昨日の昼過ぎから三日目の今日夕刻まで、まあ、ようも次から次へとと、呆れるほどにございました」

客人の応対にあたっていたのは、山郷家にはたった一人しかいない士分《しぶん》の家臣であったが、役高二十俵二人扶持という小身武家の家臣が、大名家からの正式な使者に、外交で敵《かな》う訳がない。

本当ならば主人の山郷柳康を上手くかばって、「たしかに主人は何者かに襲われて、今はちと臥《ふ》せってはおりますが、おそらく、さほどに時間《とき》はかからずに、またお役目に戻ることができましょうから……」とでも言い繕《つくろ》っておきたいところだったのであろうが、あれこれと痛いところを矢継《やつ》ぎ早《ばや》に突つかれて、結局は重傷であるのをごまかすことができずに、すべて知られてしまったのである。

そのいわば「外交の失敗」は、すぐに顕著に表れた。

山郷家の様子を探りに来た諸大名家の使者たちは、手のひらを返すように山郷柳康を見限って、別の表坊主を「自藩の家頼み」に据えようとし始めたのである。

「たった三日で、さようなまでになっておるのか？」

横手から、十左衛門が思わず口を出すと、

「はい……」

と、三好も、気の毒そうな顔つきになった。

「山郷家に出入りした人物につきましては、すべて動向を確かめるべく、尾行をつけてみたのでございますが、大名家七つがうちの五家までもが、山郷の屋敷から出たその足で、別の表坊主の屋敷を訪ねておりまして……」

むろん屋敷のなかまでは入れないから、諸大名家の使者たちがどんな用事で立ち寄ったのか正確には判らないが、山郷家での対談《はなし》の流れから察すれば、他の坊主にさっそく乗り換えたのだろうと思われた。

「いや何とも、手厳しいものだな」

「まことに……」

赤堀も十左衛門の言葉にうなずいていたが、つと何やら思い当たったらしく、一膝前に乗り出してきた。

「そうした坊主どうしの、いわば『客の取り合い』のごときは、喧嘩《けんか》の原因《たね》にならないのでございましょうか？」

「おう、さようさな」

と、十左衛門も話に乗って、三好のほうへと向き直った。

「どうだな、熊之助。山郷の屋敷に戻って、その士分の家臣あたりに、そうした話は訊けそうか？」

「いえ、それが……」

三好は正直に、困った表情《かお》を見せてきた。

「実は、『元山《もとやま》』と申すその家臣が、城から来た私ども目付方を、ひどく警戒いたしておりまして……」

その警戒心をどうにかして解いてもらい、山郷家の内情などいろいろ聞かせてもらえればと、三好は終始おだやかに、元山にも、山郷柳康の妻子や他の家臣である中間《ちゆうげん》たちにも、努《つと》めて何でもさり気ない調子で話しかけていたのだが、山郷家では「用人《ようにん》

（家老的な家臣）」のような役割をしている元山が警戒を解かずにいるため、山郷家の誰とも満足には話ができない状態であるという。

「お大名家の家頼みとなれば、何かと金品の付け届けがございましょうから、そこを目付方《われら》に取り沙汰《ざた》されて、あれこれ訊かれては大変だと、話しかけられないよう、逃げまわっておるのやもしれませぬ」

「うむ。まあ、まずは、そんなところであろうが……」

十左衛門は一瞬、沈思《ちんし》するようにしていたが、つと赤堀のほうに目を上げて、いきなりこう言ってきた。

「赤堀どの、『等保《とうほ》』はどうだ？」

「とうほ？」

と、目を丸くした赤堀も、すぐに思い出したようだった。

「ああ、以前、目付部屋《こここ》にいた『佐伯等保《さえき》』にございますね」

話題《はなし》に出ている「佐伯等保」というのは、二年前まで目付方専任で表坊主を務めていた人物である。

表坊主は、今、見習い中の者まで合わせると、二百三十人あまりもいるのだが、そのなかには特別に目付部屋に出入りすることを許された、「目付方専任」の表坊主たちがいた。

毎日、数人ずつが交替で目付部屋の二階に詰めており、階下《した》にいる十左衛門ら目付たちに呼ばれると、急いで下りてくるのだが、「徒目付の○○を呼んできてくれ」とか、「この書状を○○方まで届けてきてくれないか」などという風に、目付たちから様々な雑用の命を受けて、日々、本丸御殿のなかを駆けまわっているのだ。

だがそうした目付方専任の表坊主は、全員が必ず十五歳以下で、そのほとんどが、ギリギリどうにかどんな雑用でもこなすことのできそうな、十三歳から十五歳の間の子供であった。

それというのも目付部屋の専任となれば、どうしても、外部《そと》には出せない密談なども耳に入ってしまうため、表坊主方では、わざわざ子供の表坊主たちを選んで「目付方専任」に当てているらしいのだが、子供といっても三つ四つの幼児という訳ではないから、十分に、大人の会話《はなし》も理解ができる。

ただ子供の表坊主の良いところは、大人のように世俗に汚れていない分、生真面目《きまじめ》で正義感の強い者が多いことだった。

それゆえ十左衛門は、目付部屋に新しい坊主が来ると、「おぬしらは坊主ではあるが、目付方の一員でもある。それを常々忘れずに頭に置いて、目付部屋《ここ》でのことは他の役方や上役の坊主たちにはもちろん、親兄弟にも話さずに、目付の我らと同様に、必ず秘密は守ってくれ」と、一人ずつ腹を割って話して聞かせていた。

　事実、城内に勤める幕臣たちの間では、「目付部屋の小坊主たちは、とにかく真面目で、口が堅い。下手《へた》に突ついて、目付部屋《なか》の話を聞き出そうとなどいたすと、逆に妹尾さまあたりに報告されかねんぞ」と、かえって警戒されているほどである。

　そうした事情もあり、十左衛門ら目付たちも、目付方専任の小坊主たちのことは目付方の仲間内《うち》だと思っていて、十六歳になって目付部屋の専任から外《はず》れた後も、「みな元気で勤めているだろうか」と、何かの折には世間話《はなし》のタネにも出るのである。

　そうした元目付方専任の表坊主の一人が、今はおそらく十七歳になっている佐伯等保であった。

「今はたしか坊主方のなかでは『座敷係《がかり》』を務めておるはずゆえ、他の古参や同僚の坊主たちとも交流はあるであろう。それに何より等保であれば、他者《ひと》を見る目は確かゆえ、山郷やその周囲の坊主らについても、何ぞか見て取っておるやもしれぬ」

「まことにございますね」

　と、赤堀も大きくうなずいた。

「山郷が暴漢に襲われた一件は、おそらくもう城内の坊主ら全員に知れ渡っておりましょうし、皆があれこれいいように噂話をいたしますなかに、何ぞ手がかりのごときがないものか、等保に訊ねてまいりまする」

「うむ。よろしゅう頼む」

「ははっ」

赤堀はさっそく佐伯等保に向けて、文《ふみ》を書き始めるのだった。

五

「せっかくの非番《ひばん》に、すまなんだな」

「いえ、とんでもございません。江戸城《おしろ》では、なかなか御目付方の皆さまにお会いすることも叶《かな》いませんので、今日は嬉しゅうござりまする」

等保の非番の日を待って、赤堀が余人を入れず等保と会うことができたのは、翌々日の昼下がりのことだった。

赤堀が「ここで会おう」と指定したのは、神田須田町《すだちょう》にある汁粉屋《しるこや》である。

日頃から流行《はや》りものには、まったくもって関心のない赤堀は、「汁粉」と呼ばれるこの甘味を生まれて初めて見たのだが、ついさっき運ばれてきたのを、いざ口にしてみると、たしかに美味《うま》い。

甘いもの好きの等保なんぞは、心底から汁粉を愉《たの》しんでいるのが外から見ても判るほどで、浮き浮きとしているその顔つきに、在りし日の十三、四の頃の等保の面影が重なって、赤堀も懐《なつ》かしかった。

そうして赤堀が、つい破顔《はがん》してしまっていたことに、前で等保も気がついたらしい。急に「赤堀さま」が笑顔になった理由が判らず、とまどっているようだった。

「……あの、何か？」

汁粉を食べる手を、ぴたりと止めてしまった等保に、

「ああ、いや、すまぬ……」

と、赤堀は、今度ははっきりと笑って言い出した。

「いやな、今日こうしてそなたと『密談』をするにあたって、どこで会うのがよいものかと、迷うてな」

目付方の下部屋に堂々と呼び出したりしたら、他の坊主たちが耳ざとく聞きつけて、「以前、目付部屋にいた佐伯等保が、目付方の下部屋に呼ばれたらしいぞ」と、皆でいっせいに警戒し始めてしまうであろうし、さりとて等保を赤堀自身の屋敷に呼びつけたりすれば、等保が萎縮《いしゆく》して、思うように自由にあれこれと話ができないかもしれ

ない。

「なら、いっそ、町場のどこぞで会うほうがよいかもしれぬと考えているうちに、つと、そなたが目付部屋にいた時分のことを思い出したのだ」

「…………？」

と、等保は訊ねるように、真っ直ぐにこちらを見つめてきたが、その表情が以前まだ目付部屋にいた頃の、こちらが雑用を頼もうとした瞬間《とき》などと、まるで変わらずにいてくれて、赤堀はいよいよ嬉しくなった。

「ほれ、そなた、年端《としは》もいかぬ茶坊主らをあやして、世間話《はなし》の相手をしてやる際《とき》に、よう甘い菓子の話をしておったではないか。団子《だんご》だの、飴《あめ》だの、饅頭《まんじゆう》だのと、小声ながらに皆ずいぶんと愉しげに話しておったゆえ、『おそらくは、等保も菓子は好きだったのであろうな』と、改めてそう思ってな」

目付部屋には等保らのような諸雑用をこなす表坊主のほかにも、『御数寄屋方《おすきやかた》』から俗に「茶坊主」と呼ばれる御数寄屋坊主が幾人か、目付部屋の専任として派遣されていて、日々あれこれと忙しい目付たちに、折々いかにも専門職らしい美味《うま》い茶を点《た》てて運んでくれた。

ただそうした目付部屋専任の茶坊主たちは、表坊主たちと同様に「十五歳以下の年少者のみ」と決められていたのである。

おまけに難しい雑用や文章の書き写しなどまで任される表坊主とは違って、御数寄屋坊主は目付たちに茶を点てて出すだけだから、美味い茶を点てることができさえすれば、かなりの年少者でも用は足りる。実際、まだ十歳になったばかりのような幼い者も多くいた。

目付部屋の奥まった場所には特別に茶釜《ちゃがま》が備えられており、茶坊主たちは当番の間はその茶釜の近くに詰めていなければならないため、十歳程度の幼い子らはその長時間のお勤めに飽《あ》きてしまったり、自分の家や母親が恋しくなって帰りたくなってしまったりと、ぐずり始めることも少なくなかったのである。

そうした際に、年長者である佐伯等保のような表坊主たちが、ぐずっている茶坊主たちに声をかけて、あの手この手であやしてやっているのを、赤堀もよく見かけていたのだ。

「晃依《こうえ》も、苑抄《えんしよう》も、今ではずいぶんと大きゅうなって、歳下《した》の面倒まで見ておるぞ」

「いや、さようでございますか」

いま会話《はなし》に出た仲野《なかの》晃依も、立川《たちかわ》苑抄も、当時は等保によく懐《なつ》いていた茶坊主たちである。

「まこと、思うてみれば二人とも、もう十四になるのでございますね……」

目を細めてそう言って、等保もしばし懐かしそうにしていたが、次にはやおら赤堀のほうに向かって、改めて居住まいを正してきた。

「赤堀さま。わたくし、こうして目付部屋《おへや》こそ出てはおりますけれど、今もまだ御目付方の皆さまと同じように、幕府の一役人として、御上《おかみ》のお役に大いに立ちとうございまする。わたくしで何ぞお役に立てますならば、どうか是非にも、お命じくださりませ」

「かたじけない。恩に着るぞ……」

「いえ、とんでもございりませぬ」

その後は、甘い汁粉にはおよそ似合わぬ、こたびの暴漢の話となった。

襲われた当夜に遠州屋に駆けつけて、自身で遠州屋の者たちから現場の様子を聞いてきた赤堀の話に、等保は少なからず驚いたようだった。

「わたくしが坊主方の先輩や同僚たちから聞いております話とは、ちと違うように存じまする」

「違う？　どこが、どう、違いそうだ？」

「まずは襲ってきた下手人の、数や風情《ふぜい》が違いまする。坊主方で、まことしやかに噂にされておりますものでは、下手人は二人組で、羽織袴《はおりはかま》姿の武士《さむらい》であったようだと、そうした話にございまして……」

「やっ、噂では、そんなことになっておるのか？」

「はい」

と、等保はうなずいて、先を続けた。

「そも山郷さまは『遠州屋』と申すその大店で、そうして酒食のもてなしをお受けになったそのあとに、帰りに何か金品のごときを手土産《てみやげ》にもらうのが、いつもの行動《なさりよう》でございますそうで、その晩も、金一分（一両の四分の一）ほどもらい受け、裏の木戸から出られた際に、二人組の武士たちに後ろから頭を殴られて倒れたと、さような風にうかがっております」

「いや、これはまた、珍妙《ちんみょう》な話だな……」

遠州屋の手代以外、誰も下手人の姿は見てはいないはずであり、それに何より、山郷が襲われた場所が遠州屋の裏手だということは、山郷家の者たちと遠州屋、あとは赤堀ら目付方と、町方の役人しか知らないはずなのだ。

「え？　それはどういう……」

知らないはずと言われても、現に坊主方の噂で「山郷が襲われたのは、大伝馬町にある『遠州屋』という太物問屋の裏手だ」と聞かされているのだから、等保が目を丸くするのも、もっともなことではある。

だがこうして双方の話が大きくズレているという事実は、赤堀ら目付方にとっては、朗報であった。

「いやな、実は山郷家の家中にも、遠州屋の者らにも、下手人がはっきりするまでは、一件については他言はせずに、もし誰かに訊かれた時は、『山郷は、町場で暴漢に襲われて、臥せっている』と、それしか言わぬよう命じてあるのよ」

「では、私どもが坊主方で聞いた噂を広めた出元《でもと》が、下手人ということでございましょうか？」

「さようであろうな。それが証拠に『大伝馬町の遠州屋』と、ピタリと場所を言い当てておるのだから、下手人か、もしくは下手人を庇おうとする何者かが、『山郷を襲ったのは、羽織袴の二人組の武士らしい』と、わざと偽《にせ》の噂を流したに相違はなかろうが……」

言い差すと、赤堀は等保のほうに、一膝、身を乗り出した。

「その噂、一体どのあたりから出たものか、どうにか辿《たど》れそうか？」

「いえ……。もうすでに坊主方では誰も彼もが、同じ噂をてんでに口にいたしておりますゆえ、『誰から訊いた？』と下手に訊きまわったりいたしますというと、御目付方のお調べと、皆が気づいてしまうのではございませんかと……」

自分が役に立てそうにないのを気にしているのだろう。等保は小さく頭を下げて、申し訳なさそうにしている。

その様子に、

「いやまこと、さよう、さよう……」

と、赤堀も、急いで先を言い足した。

「いやな、正直、今おぬしから坊主方での話を聞いて、『これで調査《しらべ》の足掛かりがついたぞ！』と、つい勇み足になってしもうてな。まことにすまぬ」

「とんでもございません。もとはといえば私が、ちと皆に煙たがられておりますせいで、肝心のこうした時にお力になれずに……」

そう言って目を下げた等保の言わんとしていることは、赤堀にもすぐに判った。

「やはり目付部屋の専任であったということが、尾を引くか？」

「いえ……。つまりは私の物の考え方《よう》が、坊主方の皆さまのお気に染まぬのでございましょう。昔、専任であられた方々のなかにも、もうすっかり坊主方に馴染んでいる方もおられますし、すべてはこの私の身一つのことにてございますので」

「……」

この佐伯等保の悩みは、幼少期や少年期に目付部屋専任の表坊主や茶坊主を務めた者には共通に見られるものだった。

人生において、最も周囲の影響を受けやすい子供時代を、目付方の一員として過ごすことで、十左衛門ら目付たちと同様に、公明正大、公平公正を旨とする生き方が、身体に染みついてしまうのだ。

むろん、それは個々の坊主によって程度に差は出てくるから、すべての目付部屋専任坊主が、等保のように悩む訳ではなかろう。

ただこの佐伯等保は、当時から並外れて優秀で、まるで徒目付か小人目付のように、目付《こちら》の意図や思惑を察して動いてくれていたので、今でも目付方的な思考が消えずにいるのかもしれなかった。

表坊主はその職掌柄《しょくしょうがら》、諸方から御礼や付け届けの金品を受けやすい立場にある。この等保のように、目付方《こちら》の色が抜けずにいれば、坊主方では何かと浮いた存在になるであろうことは明白だった。

「こうしてまた目付の私が呼び出したりなどいたせば、よけいにそなたに迷惑をかけような……」

赤堀が目を落とすと、前で等保は慌てた顔で、首を横に振ってきた。

「そんなことはございません。こたび、こうしてお声をかけていただけたこと、私は本当に嬉しゅうございますので」

そして等保は、先を続けてこう言った。

「それよりは赤堀さま、実は山郷さまに関しまして、ちと別に、気になる噂話がございまして……」

半ば話題を変えるために等保が話し出したのは、四月十八日に行われた諸大名家の『参勤』や『暇』の拝謁行事の話であった。

その拝謁の行事が滞《とどこお》りなく済んだ後に、とある大名が「帰宅前の休憩を兼ねて、食事を……」と立ち寄った表坊主方の二階の一室で、山郷とその大名との間に悶着《もんちゃく》が起こったというのだ。

くだんの大和・高取藩の藩主、植村《うえむら》出羽守《でわのかみ》家久《いえひさ》が、山郷の接待に対して怒り出した、あの一件であった。

「なれば、山郷が、高取藩の植村家と揉めたというのか？」

「はい。何でも出羽守さまをお通しした座敷が、以前《まえ》に使った山郷さまの座敷ではなく、天井が低くて狭い二階の小座敷であったことが、出羽守さまのお怒りを買ったそうにてございまして……」

四月十八日に起きたあの悶着では、山郷の上役である『表坊主組頭《くみがしら》』に加えて、旗本身分である『同朋《どうぼう》』や『同朋頭《がしら》』までが、ずらりと顔を揃えて、植村出羽守に土下座をして謝ったため、出羽守は怒り心頭ではありながらも、下城していき、一件は、何とか坊主方の内《なか》だけで終結したのである。

つまりは「目付方にバレずに、済んでいた」のだ。

「して、その後《のち》、高取藩の植村家からは、何ぞか言ってはこなかったのか？」

「はい。正規には何のお咎《とが》めもなく、山郷さまも、上役の皆々さま方も、ほっとなされていたそうなのですが、それから四日が経ちました二十二日の晩に、ああした事件《こと》が起きてしまいましたので……」

「え……？　なれば坊主方では、あの襲撃を、『高取藩のしわざ』と思うているということか？」

「…………」

さすがに「はい」と口にはできずに、等保は黙って目を下げた。

おそらく同朋や表坊主たちは、「主君を蔑《ないがし》ろにされた高取藩の家中の者が、山郷に仕返しに来たに違いない」と、考えているのであろう。

「坊主方の噂に出ていた下手人は、羽織袴の二人組の武士《さむらい》であったな。羽織袴の両刀差しで、おまけに二人組と聞けば、諸藩のご家中のごとき陪臣であっても、おかしゅうはないからな」

「はい……。事実、私ども平《ひら》の坊主らの間でも、『高取藩のご家中と見て、間違いはないだろう』と、盛んに噂いたしておりました」

だが実際の下手人は、着流しに頭巾を被った単身の武士であり、「羽織袴の二人組だった」というのは、おそらくは坊主方の誰かがわざと流した嘘《でま》なのである。

「とはいえ、頭巾に着流しの姿であっても、どこぞ諸藩のご家中ということもあろうからな。高取藩にそれらしき動きはなかったか、早々に調べてみるつもりだ」

「はい」

と、等保はうなずいたが、後に続けて訊いてきた。

「それで、あの、赤堀さま。私は、どうすればよろしゅうございましょうか？」

是非にもお役に立ちたいが、目付部屋の専任だった自分が下手に動けば、坊主方のなかにいるかもしれない下手人に警戒されて、かえって逃げられてしまうかもしれない。

「噂の出所《もと》を辿りたいのはやまやまなのでございますが、やはりそれでは……」

「おう。なれば、そなたは、なるだけいつもの風を装って、坊主方のなかに妙な動きをする者がおらぬかどうか、目を光らせておいてはくれぬか」

「はい。心得ましてござりまする」

張りきって返事をしてきた等保の顔は、一緒に目付部屋にいた時分のままである。

この等保であれば、たとえば徒目付になっても、十二分に自分ら目付の右腕となってくれるであろうが、坊主の家系《いえ》は先祖代々、坊主方に入ると決められているから、当人に出世できるほどの能力があっても、役高百俵五人扶持の徒目付に上がってこれる訳ではない。二十俵二人扶持の平の表坊主から、四十俵二人扶持の表坊主組頭に上がるのが、精一杯であった。

見れば等保は、この先の自分の動き方《よう》が決まって、ようやく気が落ち着いたものか、好物の汁粉を再び手に取っている。

もう一言も二言も、自分や「ご筆頭」がどれだけ等保の能力や人柄を高く買っているものか伝えてやりたいところであったが、いざそれをはっきり口にしてしまったら、等保はかえって切ない気持ちになるかもしれない。

赤堀は何も言えずに、自分も目の前の汁粉の椀に手を伸ばすのだった。

六

等保から教えてもらった思いもよらない坊主方の情報は、この一件についての調査の方向を、ガラリと一変させていた。

早くもその幾日か後の晩には、徒目付の三好熊之助は配下の一人を飲み仲間に仕立てて、日本橋《にほんばし》にも程近い北鞘町《きたさやちょう》の居酒屋で、渡《わた》り中間《ちゅうげん》に化けていたのである。

北鞘町は、江戸城の内堀と日本橋川が直角に交わる角地に広がっているのだが、近くには内堀に架かる常盤橋《ときわばし》の御門《ごもん》があり、その常盤橋を渡って曲輪《くるわ》内の大名屋敷ばかりが建ち並ぶ武家地に入れば、なかの一つが高取藩・植村家の上屋敷である。

三好は数名の配下とともに、常盤橋御門脇に設置されている番所のなかに潜んで、植村家の屋敷の門前を見張り、夕刻を過ぎて門の潜り戸から出てきた中間たちのあとを追い、行きつけの飯屋や居酒屋がどの店であるかを探り当てたのである。

そうして毎夜、植村家の中間たちの近くで飲み喰いを続けて顔見知りとなり、とうとう六日目の晩には、中間たちに安酒を奢《おご》って、働き口の相談に乗ってもらえるまでになったのであった。

「ご当主が変わったばかりの大名家を狙うといいと聞いたんだが、おぬしらどこか、いい大名家《ところ》を知らないか？」

切り出したのは、「先祖代々の浪人で、もう何年も渡り中間をして暮らしている」という触れ込みの三好熊之助である。

「どうだ？　ちなみに、おぬしらのお抱え先は、近く雇人《ひと》集めなどせぬようか？」

「いや……。植村家《うち》はもう、しばらくは無《ね》えこってござんしょうねえ」

酒のほかにも肴《さかな》まで二品も奢ってもらったものだから、同席の植村家の中間たちも、皆すこぶる愛想が好い。なかの一人が三好に向かい、気の毒そうな顔をして、こう先を続けてきた。

「うちの殿さまは、三年前《めえ》にご家督を継ぎなすったんですがね。まだ今が十九で、当分は幕府《おかみ》の御役には就きなさらねえだろうから、わざわざ雇い人の入れ替えなんざァなさらねえもんかと……」

「そうか……」

と、三好が話に乗って、わざと気落ちした風を見せると、横手から別の中間が助け舟を出してきた。

「津藩の藤堂さまんとこなんざァ、いかがなもんでござんしょう？　あそこなら、殿さまは、去年変わったばかりだそうでごぜえやすよ」

「おう、伊勢・津藩の藤堂さまか！　それはよいな」

「へえ。それにあそこの殿さまは、何よりお人柄が穏やかなようでござんしてねえ。ついこないだも江戸城《おしろ》ん内《なか》で、ちょいとあれこれ、うちの殿さまと揉め事があったんでごぜえやすが、あっちがもう、ずいぶんと折れてくだすったようで……」

と、中間が話し始めたのは、三好ら目付方《こちら》が垂涎《すいぜん》の内容であった。あの山郷柳康が高取藩の植村出羽守を怒らせた、くだんの一件だったのである。

「ほう……。なれば植村さまは、その小生意気な表坊主に、二階の納戸《なんど》部屋のごときをあてがわれたという訳か」

「へえ。何でもお城の二階ってえのが、陽は入らねえ、風は抜けねえ、暗くて狭《せめ》えの、いいとこ無しだそうでござんしてね。以前《めえ》に使ったその坊主の部屋を使わせろと言いなすったら、『そこは今日、実は津藩の藤堂さまがお越しだから……』とそう言われて、さすがにうちの殿さまも、堪忍袋《かんにんぶくろ》の緒《お》が切れなすったようで」

おまけに小賢《こざか》しくも山郷が、「その代わりと申しては何でございますが、出羽守さまには特別に、御数寄屋坊主の『菊池立仙《きくちりゆうせん》どの』に点ててもらった御数寄屋の茶のほうを運ばせていただきますので……」と、御数寄屋坊主の菊池という者と一緒に、茶と菓子を運んできたそうだった。

殿中の茶事《さじ》を司《つかさど》る御数寄屋方は、普段は御三家や御三卿をはじめとした将軍家ゆかりの大名たちや、『溜之間《たまりのま》』を殿席として与えられている大々名たちにだけ、「幕府からの特別な接待」として茶を点ててふるまっており、本丸御殿で儀式や行事があっても、御数寄屋坊主の点てた茶を口にできる大名は、ほんの一握りなのである。

その御数寄屋坊主の点てる茶を、今日は特別に菊地立仙に頼んで運ばせたというのが、山郷が出羽守に対して「詫びの印として」してきたことで、「出羽守さまのご身分では、普通であれば飲めない御数寄屋方の茶を、こうして特別にご用意したのでございますよ」と言わんばかりのその態度が、よけいに出羽守を怒らせたらしい。

「いや、それはまた、ずいぶんな話だな……」

ひどい話に、三好がまんざら社交辞令という訳でもなく本気でそう言うと、植村家の中間たちも、自家の殿さまを庇って言い足した。

「そうでござんしょう？　殿さまもカッときなすって、もったいぶって出してきやがったその茶を、思いきり坊主に引っかけてやったそうでござんしてね」

するとその騒ぎを聞きつけて、他の坊主たちもわんさかと集まってきたようで、最後には坊主方を統轄《とうかつ》している同朋頭を筆頭に、幾人もの上役の坊主たちが、出羽守の前に居並んで、いっせいに土下座してきたそうだった。

「……で、そのあとは、どうしなすったんだね？」

「どうもこうも、ほんとなら無礼千万なその坊主を、一刀両断にしてやりてえところだが、お城んなかじゃァそうはいかねえ。仕方なくお屋敷へ帰《けえ》って、『あの坊主め、どうしてくれよう』と、お家来の皆さまと話し始めていらしたところに、あの津藩の藤堂さまが文《ふみ》をくだすったってえ次第で……」

「藤堂さまがお文を？」

予想外の展開に三好が本音で驚いていると、中間はいよいよ得意げな顔になり、大きく幾度もうなずいてきた。

「『まさかこんな事態になっているとは露知らず、まことにもってご無礼をいたしました』と、騒ぎを知った藤堂さまが急いで詫びてきなすったんでさァ」

「ほう……。いやまこと、そなたの言うよう、藤堂さまというお方は、お人柄がよろしいようだな」

「へい。さいなんで。……ね、いっちょ旦那も、藤堂さまのご家中になれるよう、お屋敷に掛け合ってみちゃァどうですかねえ」

どうやらこの中間は、酔いがまわっているのも手伝ってか、「藤堂さま」に入れ揚《あ》げているらしい。その後も、しばらくは、文と一緒に届いたという出羽守への贈り物の話を、まるで自分の武勇伝のように続けていたのだった。

七

三好熊之助が「赤堀さま」のもとを訪ねて報告に来たのは、翌日のことだった。

「なればもう、出羽守さまも、気にしてはおられぬのであろうな」

「はい」

今、二人が余人を入れずに話しているのは、目付方の下部屋である。話題《はなし》の内容が、大名家である植村家や藤堂家のことであるため、万が一にも誰かに話を聞かれぬよう、この部屋の襖の外には見張りの配下もつけてある。

それでも一応、大事を取って、赤堀も三好も、いつもより声を抑えて話していた。

「その中間の話によりますと、何でも後日、出羽守さまが『戴《いただ》き物の返礼に……』と、御礼の品をご持参して、直に津藩の上屋敷をお訪ねになられましたそうで、そうしましたら藤堂さまは今年で二十歳《はたち》、出羽守さまは一つ下の十九ということで、もうすっかり意気投合なさったそうにてございまして」

藤堂和泉守は昨年に家督を継いだばかり、一方の植村出羽守も、先代の父の跡を継いで藩主となったのは三年前の十六の歳ということもあり、互いに何ぞ幕府に対し、心配事や迷うことができた際には、忌憚なく相談し合うことにしようと、かえって友を得られる結果になったということだった。

「そうか……。なれば、いよいよ、出羽守さまのご家中が、山郷をどうこうしようなどとは思わぬであろうな」

「はい。藤堂さまが最初に文を送られたのは、一件《こと》があった十八日のうちでございますので、四日も過ぎたその後に今さら『山郷を……』というのも、まずはなかろうかと」

「さようさな……」

となれば下手人は、いよいよもって「坊主方の誰か」と見るのが妥当であろう。

三好もむろん、そこは同様に考えていたため、今日は「赤堀さま」にもう一点、別の報告の用意があった。

「山郷が諸藩の『家頼み』から外れるにあたって、はっきりと得《とく》をしそうな坊主の面々が、ようやくに絞《しぼ》れてまいりました」

そう言って三好が見せてきたのは、一片の書き付けである。

『伊勢　津藩　二十七万九百五十石　藤堂家　岩永光悦《いわながこうえつ》』
『伊勢　久居《ひさい》藩　五万三千石　藤堂家分家　岩永光悦』
『大和　高取藩　二万五百石　植村家　青野栄徳《あおのえいとく》』
『山城《やましろ》　淀《よど》藩　十万二千石　稲葉《いなば》家　岩永光悦』
『常陸《ひたち》　土浦《つちうら》藩　九万五千石　土屋《つちや》家　青野栄徳』
『出羽《でわ》　庄内《しょうない》藩　十四万石　酒井《さかい》家　青野栄徳』
『常陸　笠間《かさま》藩　八万石　牧野《まきの》家　蒲原丹亮《かんばらたんりょう》』

紙面には、山郷が家頼みを引き受けていた七つの藩の石高と藩主家名、またそれぞれを、次には何という名の表坊主が主に引き受けることになるかについてが記されている。

それというのも大名家は、自家の家頼みを一名だけの表坊主に頼っている訳ではなく、この七つの大名家にもそれぞれに、もともと山郷以外の家頼みが幾人かあったのだ。

表坊主は現在《いま》二百三十人あまりもいて、三交替制で出勤し、昼夜必ず一定の人数が保てるような形で当番を決めてあるため、大名の側からすれば、儀式や行事で登城してきた際に、もし自家の家頼みが非番であったら、頼る坊主がなくて困ってしまう。

それゆえ常に幾人かの表坊主を家頼みとして頼んでおり、最低限の謝礼金は渡しておくのが通例であった。

その最低限の礼金というのが、くだんの「座敷貸し」の代金なのである。

大大名ならば一畳につき年間で二両ほど、小大名なら二分ほどなどと、はっきりと決められているため、それが主なる礼金となる訳だが、大名家が「家頼みの表坊主」に頼りたいのは、むろん座敷貸しばかりではない。

自家に何か有事が発生した際の仲介役や、幕府や他藩についての情報の提供、他藩との婚礼や養子縁組の仲介なども出入りの表坊主に依頼して、そうした際には、その都度《つど》、相応の謝礼を渡していた。

そうした、いわば主たる家頼みが、今までは山郷柳康だったのだが、こたび山郷が大怪我をしたことで、各家とも幾人もいる別の家頼みのなかから「これぞ」という表坊主を選んで、山郷の代わりに昇格させたようだった。

「藤堂さまは『岩永光悦』、出羽守さまは『青野栄徳』という者か……」

「はい。どちらも表坊主としては古参の域で、四十一の山郷よりは、歳も経歴も多少は上のようでございまして……」

岩永光悦は、十八の歳に表坊主の見習いとして入ったそうで、今年で二十七年目の四十五歳。

対して青野栄徳は、十六で見習いの表坊主となって今年で二十八年目の四十四歳で、もう一人の蒲原丹亮という者は、山郷よりも十も下の三十一歳だそうだった。

「ただ何と申しましょうか、結句《けっく》、山郷が倒れたことで、目に見えて景気が良うなりましたのは、岩永と青野の二人でござりまする」

青野が引き受けることになった三家のうちでも、ことに土屋家は九万五千石、酒井家などは十四万石の大大名家であるし、岩永に至っては、藤堂家の本家筋にあたる津藩と、分家にあたる久居藩の両藩を合わせると、実に三十二万石余りもあり、加えて十万二千石の稲葉家もあるのだから、それらの大名家がいっせいに岩永なり、青野なりを「自家の一番の家頼み」に置き換えるとなれば、岩永も青野も大変な儲《もう》けになろうと思われた。

「どうも、もとよりこの岩永も青野も、以前はこうした諸藩から一番に頼られていたようなのでございますが、山郷が家頼みの一人に加わってからというもの、次第、山郷を気に入って『一番の頼み』とする藩が増えたそうにてございまして……」

だがこたび山郷があして出仕できなくなり、「ならば以前同様、岩永どのにお任せするか……」という風に、もとの岩永や青野に戻っていったようだった。

「坊主方に偽《にせ》の噂が流れていたというのだから、やはりその噂の出元が下手人と見るのが妥当なのであろうが、そうなると、まずは岩永や青野あたりが一等、怪しいということだな」

「はい」

と、赤堀に答えて、三好が先をこう続けた。

「岩永と青野が、山郷が襲われた当夜にどこで何をいたしておりましたものか、この二人の周辺を、手分けして調べてみたのでございますが……」

岩永や青野が渡り中間でも雇っていれば、また何か近づく術《すべ》もあろうかと、城での勤めを終えて帰宅する二人のあとを尾行して、屋敷の門の出入りを見張らせていたそうである。

だが岩永家も青野家も、禄高は二十俵二人扶持のため、山郷家と同様、家臣の数は極端に少ない。

諸藩からの使者が来た際に気の利く対応ができるよう、士分の家臣を一人だけ、用人代わりに雇っているが、その用人に給金を弾まなければならないため、他には一人、城への出勤のお供として中間を抱えているだけである。

その用人や中間も、さほどに貰えている訳ではないからか、どうやらあまり外で遊ぶ訳ではないようだった。

「まあ、さようであろうな。主家で出される朝・昼・晩の飯だけで我慢をすれば、余計な金を使わずに済もうからな」

「はい。そのうえ、どちらも中間は結構な年寄でございまして、おそらくは『渡り中間』といったような者ではなく、以前より長く抱えておるような大人しい性質《たち》の奉公人ではなかろうかと」

「なるほどの……。そういった真面目《まじめ》な手合いが相手では、お近づきになりようもないゆえな」

「はい……」

いささか八方塞《はっぽうふさ》がりな状況で、しばし沈黙が続いたが、

「……おっ」

と、いきなり赤堀が、何やら明るい顔で言い出した。

「そうして『余分に金がない』ということは、山郷を襲うにしても『他者《ひと》は雇えぬ』ということであろう? よしんば自家の用人か中間に命じて襲わせたとしても、相応に金を出さねば、動いてはくれまいて」

「さようでございますね」

三好も、続けて言ってきた。

「人間《ひと》ひとり、棍棒《こんぼう》で殴って、城に出仕ができないほどの大怪我をさせねばならぬとなれば、よほどの大金を積まれぬ限り、さすがに『はい』とは言わないものでございましょうし、つまりは自分で襲いに行くしか手がないということで……」

「さよう、さよう……」

と、赤堀はうなずくと、やおら立ち上がってこう言った。

「目付部屋《へや》に帰って、等保に宛てて文を書くゆえ、足労をかけるが、直《じか》に等保の屋敷まで届けてはくれぬか。山郷が襲われた当夜、岩永や青野が『宿直』の番を務めておったか否かだけでも、判るやもしれぬ」

「はい。では、さっそく……」

三好も明るく立ち上がって、二人は早々に下部屋を後にするのだった。

八

だがそんな二人の期待は、ものの見事に裏切られた。

坊主方では日頃から、あらかたの当番や宿直番の廻り順が決まっていて、山郷が襲われた当夜は、なんと岩永も青野も、揃って宿直番だったのである。

その当番表の書き写しは、等保も自宅に用意して持っていたため、三好が文を届けに行ったその場で読んで、すぐに一緒に当番表を確かめてくれたのだが、岩永も青野も宿直番で、等保もしごくがっかりしていたそうだった。

ところがそれから数日が経ったある日の昼下がりのこと、等保が目付部屋付きの小坊主を介して、赤堀に文を届けてきたのである。

目付部屋専任の小坊主たちが、どんな時刻に出勤の交替をするものか、昔取った杵《きね》柄《づか》でよく知っている等保は、後輩の顔見知りの小坊主たちの出仕を廊下で待ってつかまえて、赤堀への文を託したようだった。

「久方ぶりに等保さまにお目にかかれて、嬉しゅうございました。赤堀さまにも、どうぞよろしゅうお伝えしてくれと、そう言っておられました」

赤堀に文を届けてきたのは、先日の汁粉屋でも話題《はなし》に出た「仲野晃依」である。十四になった仲野晃依は、昔よく等保が面倒を見てやっていた御数寄屋坊主の一人で、等保のような表坊主ではない。

そのことが偶然なのか、はたまた等保が確信的に、茶坊主の仲野を選んだものかは判らなかったが、赤堀はまだ読んでもいない等保の文の内容に、とある予感が浮かんだのである。

　はたして、文を開いて中身を読むと、その予感は的中していた。

『山郷さまを襲いましたのは、御数寄屋方の菊池立仙さまやもしれませぬ。それと申しますのも、くだんの四月十八日の一件で、菊池さまはずいぶんと山郷さまにお腹立ちでいらしたそうでございまして、その噂は私ども表坊主の間でも、知らぬ者はないほどにございまして……。

　それゆえ、以前、目付部屋《おへや》で仲良うさせていただいていた御数寄屋坊主の甲本吉昇《こうもときっしょう》どのにお願いをして、御数寄屋方の当番表を見させていただいたところ、襲撃のあった晩は、菊池立仙さまは非番でいらしたことが判りました……』

　四月十八日のその時に、自分が点てた茶を運んで、山郷とともに、出羽守に何と言って怒られたのかは判らないが、おそらくは山郷のせいで巻き込まれた形となって、恨んでいたに違いない。

　それが必ず山郷への襲撃に繋がっているとは限らないが、岩永や青野に「犯行が無理」と判った今となっては、等保の文にもあるように、菊池立仙を疑って調べてみる必要はあると思われた。

　赤堀は、まだ傍《そば》にいた茶坊主の仲野晃依に向き直ると、声をかけた。

「晃依。すまぬが、ちと二階に上がって、表坊主の誰かを呼んできてはもらえぬか」

「はい。心得ましてござりまする」

言うが早いか、仲野晃依はスルスルと、目付部屋の二階へと続く急な階段を上がっていく。

代わりに下りてきた表坊主に、赤堀は徒目付の三好を呼んでくるよう、頼むのだった。

九

御数寄屋坊主の菊池立仙が下手人であると、はっきりとした証拠《あかし》を立てるのに、さほどに日数はかからなかった。

赤堀は遠州屋の主人に頼んで、襲撃を目撃した手代の昇助を借り受けて、菊池立仙の「顔改め《かおあらため》」をしてもらったのである。

昇助が下手人を見たのは夜だから、当時と同様、あたりが暗くなってから顔改めをしてもらおうと思っていたのだが、当の昇助は「明るいうちに見たい」という。

それというのも、あの当夜、下手人は頭巾を被っていたから目のあたりしか見えなかったため、「顔で判断するよりは、着物のほうが確か」だというのである。

　それゆえ赤堀は、菊池立仙が非番になる日を調べ上げて、昇助に付き合ってもらい、菊池が自分の屋敷から出入りをするのを、遠くから見張り続けた。

　もし菊池が当夜のように着流し姿で出歩くとしたら、それは非番の時であろうと、予想したからである。その赤堀の仮説は当たり、菊池立仙は着流しで、近所の味噌屋に買い出しに出かけたが、着ていたものは「当夜の着物ではない」という。

　そうして次の非番の日、また次の非番の日と、昇助や三好とともに菊池立仙の屋敷の見張りを続けて、三度目の時だった。

「あっ、あれでございます！　あの『藍鼠』の『千筋』でございました！」

「おう、昇助どの。確かなようか？」

「はい。絹の地の着物《もの》ではなく、木綿の太物でございますから、さほどに高値のつく着物ではございませんが、色や柄など地味ななかにも洒脱《しやだつ》な風がございますし、なかなかに珍しいお品かと」

「ほう、さようか……」

　と、赤堀は少しく感心して、こう続けた。

「では、さすが、『茶の弟子を持つ身である』ということだな」

「はい」

三好たち目付方配下の調べによれば、菊池立仙には個人的に茶道《さどう》の弟子がいるそうで、旗本や陪臣、大店の商人など、合わせて十数人ほどにもなるらしい。

そうして事実、茶道の師匠であるということが、こたび山郷への憎しみに火を付けたようだった。

自分は大身のお旗本をも弟子に持つほどの茶人であるのに、どうして自分が点てた茶を、あんな風にぶちまけられなければならないのだと、あの時の出来事が何度も何度も頭のなかで繰り返されて、幾日か経つうちには、とうとうその思いが凝り固まってしまったらしい。

「あの憎き、金の亡者《もうじゃ》の山郷に、必ずや痛い目を見せてくれよう！」と、自分が非番の四月二十二日、同じく非番であった山郷柳康の屋敷を、朝早くから一日中監視して、外出先まで尾行を続け、夜になり、遠州屋の裏口から出てきたところを襲ったということだった。

経緯がすべて判明して、幕府からのお沙汰を待つ菊池立仙の身柄が遠縁の旗本家に「預け」になったのは、五月も半ば近くのことである。

菊池を預け先に送り届けたその日の夕刻、赤堀は「ご筆頭」をお誘いして目付方の下部屋に移ってきた。こたびの一件のすべてを、改めて報告するためだった。

「ほう……。したが赤堀どの、貴殿はどのあたりで、菊池立仙の裏に『悪党』が隠れておるのに気づいたのだ？」

「御数寄屋方である立仙が、『山郷の非番の日を狙った』と、はっきりと断言したからにてござりまする。やはり誰ぞ表坊主に訊いたに違いないと存じまして……」

今、話に出ている「悪党」とは、くだんの表坊主、岩永光悦のことである。

山郷が諸大名家を相手に常に如才なく口を利き、気がつけば岩永が家頼みになっていた大名家にまで取り入って、次から次へと一番の立ち位置を横取りされてしまっていたため、そんな山郷が憎くてたまらず、こたびの一件で山郷に憤《ふん》怒《ど》していた菊池を煽《あお》って、利用して、山郷を襲わせたというのだ。

だが岩永は、茶坊主の菊池立仙とは違って、用意周到であった。

実は以前から岩永は、敵《かたき》である山郷の言動を非番が重なるたびに観察し、山郷が大名家や御用達の大店といった「贔屓先」に、こまめに顔を出しているのを尾行して見ていたのだが、そのなかに大伝馬町の遠州屋も含まれていたのだ。

「山郷が大店の商家を訪ねるのは、たいがい夜だ。夜を待って商家に行けば、必ず飯も酒も出る。奴は心底から根性が卑しいゆえ、そうして飯までたかるのだ。帰る際にも、まるで商家の奉公人のごとくに、平気で裏の勝手口から出てくるぞ。幕臣であることも忘れて、金にならば、ああして躊躇《ちゅうちょ》なくへつらうところを見ると、反吐《へど》が出る」

と、菊池立仙を煽って、一緒に酒を飲みながら、いいように山郷の悪口を吹き込んだらしい。

そうやって岩永が、山郷を一日中尾行した話を口にしたため、菊池も真似て山郷を尾行したということだった。

「なら、立仙が、自分の刀ではなく棍棒を用意して襲ったことも、岩永の入れ知恵でござったか?」

十左衛門に問われて、

「はい」

と、赤堀はうなずいた。

「刀を使えば、武士《さむらい》であることがばれる。剃髪が見えないよう、頭には頭巾を被ったうえで、棍棒を使えば、よしんば誰ぞに見られても『浪人者の物盗り』と思われるであろうからと、そう知恵を授《さず》けたそうにてございました」

「ふん……。どこまでも根性の腐った輩だな」

「はい。まことにもって、呆れますほどで……」

本当に、どこまでもずる賢い「悪党」である。

たしかに山郷柳康も、夕飯やただ酒を狙って、わざわざ日が落ちてから遠州屋に顔を出すような奴だから、金に汚い性質《たち》であるのは本当であろう。

だが、たぶんそうして金欲しさで動いてはいても、諸大名家に気に入ってもらうため、あの手この手で懸命に尽くそうとしていたはずで、そうでなければ、自藩を守らんとして常に神経を尖らせている諸大名家が、釣られて動く訳がないのである。

金は欲しいが、自分が骨を折ってまで相手に尽くそうとは思わないのが、おそらくは岩永光悦で、金が欲しいから、なるだけ相手に気に入ってもらおうと努力をするのが、山郷柳康であるのだろう。

その山郷が、やっと身体を動かせるまでに回復し、「明日には何とか遠州屋から、自分の屋敷へ移せそうだ」と、ついさっき三好から報告を受けたのを思い出して、赤堀は追加の報告をした。

「山郷の進退《しんたい》の話もございますので、明日は私も三好とともに、山郷の屋敷に見舞いにまいろうかと存じまする」

「うむ。して、どうだな？　坊主方のほうでも、もうそろそろ痺《しび》れを切らせておるのでござろう？」

「はい。かれこれ一《ひと》ケ月《つき》にもなりますゆえか、先日も坊主方のほうから書状がまいりまして、『山郷を辞職としてもよいものか』との打診が……」

「まあ、さようであろうな」

実は、長期に渡って休職している山郷の進退について、坊主方に「待った」をかけて、辞職扱いにしないでもらっていたのは、赤堀なのである。

そも『表坊主』という役職は、御家人身分の幕臣が就くお役である。

御家人の就く役職は、その多くが『抱席《かかえせき》』と呼ばれる相続を許されない一代限《いちだいかぎ》りの抱え（雇い入れ）であるのだが、表坊主たちの家系は、幕府の創成期から先祖代々に渡って表坊主の職を務めているため、『准譜代席《じゅんふだいせき》』という、家督相続が許される家格となっている。

それゆえ、もし山郷がこのまま辞職ということになっても、山郷家が潰されて浪々《ろうろう》の身に陥《おちい》る心配はないのだが、いざいったん、そうして当主が表坊主の職から降りてしまうと、息子の代に坊主方に入ろうと思っても、席が空いていないというのが実情なのである。

坊主の家系でありながら、病や急死で辞職となり、その子供や孫の世代になっても無役のままで、二十俵二人扶持の家禄のみで暮らしている家は、いくらでも在《あ》る。そうした家は、坊主職の空きを狙って構えているから、あっという間に席は埋まってしまうのだ。

「したが、どうだ？　一ヶ月《ひとつき》も経ってようやく、遠州屋から移せるようになったというのでは、職の復帰は望めまい」

　十左衛門の言葉に、

「はい……」

　と、赤堀も神妙な顔つきになった。

「実は山郷には、十六の娘と十三の息子が一人ずつおりまして、『この嫡男に家督を継がせて、表坊主の見習いに入れてはどうだ？』と、つい先日も、山郷の上役に掛け合《お》うてみたのでございますが、『さすがにまだ十三というのでは、見習いとしても足手まといになろうから』と、いい顔をいたしませんで……」

「ほう……。坊主が、さように申したか」

「…………！」

　今の「ご筆頭」の物言いに、めずらしく嫌味《いやみ》の風が感じられて、赤堀は吹き出しそうになった。

すると案の定、「ご筆頭」は、先をこう続けたのである。

「『十三では足手まとい』とは、ようも言ったものだな。目付方《うち》の部屋付きの表坊主たちは、みな十三から十五の間だぞ」

坊主方に入ってくる「見習い」の実情についてなら、実は十左衛門ら目付たちも、目付部屋付きの小坊主たちから世間話《はなし》に聞いて知っている。

こたびの山郷の息子のように、坊主方にはごくたまに、幼い子供が見習いの候補として話に上がってくるのだが、その子供が十三にもならない幼年者であったり、目付方専任の席が空いていなかったりすると、見習いには上げないということだった。つまり坊主方では年少者の見習いが入ると、すべて体よく目付方にまわしてきているのだ。

「坊主方《あやつら》は、自分のところでは使えぬ者を、こちらに押し付けているつもりであろうが、うちで動いてくれている者たちは、彼奴《きやつ》らより何十倍、何万倍も有能だぞ」

「はい。私もさように存じて、日々『仲間』と、誇りに思うてござりまする」

「うむ。赤堀どの、よう言ってくれた」

鼻息荒くそう言って、十左衛門は自分でも笑い出した。

そういえば、佐伯等保の存在を思い出させてくれたのは、「ご筆頭」である。

今もおそらく「十三歳の坊主」を馬鹿にされて、心底から、むかっ腹を立てたに違いなかった。

そんな「ご筆頭」も、赤堀の大きな誇りである。その大切な上役の横で、赤堀も大いに笑うのだった。

十

翌日の昼下がり、赤堀は、三好ら数名の配下を従えて、山郷の屋敷を訪れていた。

山郷柳康は、やはりまだ半身を起こすことすらできなかったが、もう意識はしっかりと戻っているので、話をすることはできる。

だが襲われた瞬間のことは、ほとんど覚えていないそうで、自分を棍棒で殴ったという菊池立仙が頭巾を被っていたかどうかさえ、定かでないということだった。

「出羽守さまをご立腹させてしまいましたことが恐ろしゅうて、たまらず、菊池どのが御身のことにまで、気を配れずにおりました。思うてみれば、私が御数寄屋方にまで押しかけて、無理にお願いをいたしましたのに、本当に申し訳のないことをいたしました」

そう言って山郷は、目を伏せるようにしている。

布団に仰臥《ぎようが》したまま動けないから、目を伏せるといっても、首まで垂れる訳ではなく、実際、山郷がどれくらい、どういう意味で言っているのか、気持ちが読み取りきれなかったが、赤堀は、今の山郷の言い方《よう》に乗ることにした。

「そう言ってくれると、こちらとしては嬉しゅうござるぞ。幕臣どうしが、こうして気持ちの掛け違いで揉めて、それを厳しく罰せねばならぬのは、目付方《こちら》も辛《つろ》うござるのでな」

「はい。私も、別に命を取られた訳ではございませんし、何といたしましても必ず再び江戸城《おしろ》に戻るつもりでおりますから、どうぞ菊池どのにも、ご温情をいただきたく……」

「うむ」

と、赤堀はうなずいて見せた。

「なれば、この先、『菊池立仙』に切腹の沙汰が出ようが、島送りの沙汰が出ようが、菊池が命を取られることはなさそうでござるな。そなたもむろん知っておろうが、御上には恩赦《おんしや》がある。襲われた当人のそなたが、菊池どのの恩赦を願えば、罪も一段、軽いものになろうからな」

「……切腹のお沙汰までが、下りるやもしれませんので？」

当人の山郷は、大怪我で混沌としていたから、自分のこれまでの状態が判ってないのかもしれないが、一ヶ月近くも熱を出して、遠州屋から動かせずにいたほどなのである。

あの状態の怪我人を見れば、手を下した菊池立仙に厳罰が下りるであろうことは、火を見るよりも明らかだった。

「いや、切腹の沙汰が下ったとしても、恩赦で一段、減じれば、島送りで済む。むろん菊池の家は潰れようが、命だけは助かろうゆえ、安心いたせ」

「はい……」

山郷は顔つきを暗くして、本当に菊池の厳罰に驚いているようである。

そんなところに、存外、山郷が諸大名家に好かれる原因《もと》があるのかもしれないと、赤堀は思った。

たぶんこの表坊主は、あちこちに細かく気をまわそうとするわりには、考え方が単純であるのだろう。

出羽守にあんな形で御数寄屋方の茶を出せば、「慇懃《いんぎん》無礼《ぶれい》にも程がある！」と激怒されるかもしれないことは予想がつくであろうに、この坊主はきっと本気で、二階なんぞにお通しした詫びのつもりで、菊池に茶を点ててもらったのだ。

もしかしたら、この山郷の「判りやすさ」が、諸大名家や、遠州屋のような御用達商人を、安心させるのかもしれなかった。

「さて、菊池立仙がことは、まずはここまでにしておいて、肝心のそなた自身の進退について、そなたが正直どう考えているものか、聞いておきたいのでござるが……」

「え……？」

と、山郷は、とんでもなく目を見開いた。

「あの……。では私は、坊主を馘《くび》になりますので？」

「いや。別にそうはっきりと、決まっている訳ではない。けだし、そなた自身は判らぬやもしれぬが、そなたはだいぶ大怪我をいたしておったのでな」

隠していても仕方のないことだから、あの一件の後、目付方《こちら》が坊主方を抑えて、山郷を長く休職の扱いにしていたこと、それでももう坊主方が待てなくなって、つい先日、「辞職扱いにしてもよいか」と訊いてきたことを話して聞かせた。

「さようでございますか……」

山郷自身は、いつかは城に戻るつもりでいたから、坊主方がそんな風に考えていたことに愕然としているようだった。

だが、山郷家のことを考えれば、ここで話を留《とど》める訳にはいかなかった。

「はっきりと申そう。もし、そなたがいつの日か、表坊主に戻りたいというのであれば、今すぐにもご嫡男を坊主方に入れねば、無理でござるぞ」

「いや、ですが、倅《せがれ》はまだ十三でございますので……」

山郷は、これも本音で言っているらしい。どうやら山郷も、「十三の子供では、見習いの坊主としても足手まといになる」と考えているようだった。

「十三では坊主になれぬ、ということか？」

「はい……。これまでの先例を考えましても、たぶん十三では、使ってはいただけないものかと……」

「おい。十三ならば、目付方《うち》の部屋では、もう立派に坊主だぞ」

「あっ……」

失言したと、ようやく気がついたのだろう。山郷は、目のやり場がないようである。

「どうだ？　別に目付部屋付きの小坊主に上げれば、困ることはあるまい。目付方の小坊主に『見習い』が一人増えるだけゆえ、構わぬぞ」

「あ、ですが……、その……」

と、山郷は、とうとうもごもごと言い出した。

「我が家の倅ごときに、まさか御目付さま方の御用が務まるとも思われませぬし……」

「なんの、うちに入れば、私もおるし、大丈夫だ。ご筆頭も、ほかの御目付の方々も、みな目付部屋で動いてくれる小坊主たちがことは、『お仲間』と思うておるのだ。幼くて、少々の失敗をしたとて、みな当たり前に庇《かぼ》うてくれるぞ」

「お有難う存じまする……。ただ、ですが、やはり倅は本当に、まぎれもなく『愚《ぐ》息《そく》』にございますゆえ……」

「そうか」

と、赤堀は、わざと大きくため息をついて見せた。

「相判ったぞ。そなた、自分の嫡男を、目付《めつけ》方の風紀に染めてしまいたくないのであろう？　目付に染まれば、正義で頭が硬くなり、先々、今のそなたがように諸大名家に出入りして、付け届けや謝礼の金品を受け取りづろうなるからな」

「いいえ！　いいえ、決して、そういう訳では……」

あまりに慌てて、何とか半身を起こそうとし出した山郷柳康の肩を押さえて、赤堀は部屋の外の廊下に向かって、声をかけた。

「おい、熊之助。等保とともに、入ってまいれ」

「ははっ」

声がしたかと思うと、徒目付の三好熊之助は、くだんの佐伯等保を伴って、座敷のなかに入ってきた。

「等保。待たせたな」

「いえ、とんでもございません」

佐伯等保はそう言って、次には、この屋敷の主人である山郷柳康に向かって、両手をついて頭を下げた。

「座敷係を務めております『佐伯等保』と申す者にてござりまする。二年前、十五の頃まで、御目付部屋の専任をいたしておりました」

「…………」

なぜここにそんな坊主がいるのかと、頭が混乱しているのであろう。山郷は、ただただ目を丸くして、自分の横まで来た等保を見つめている。

その等保に、赤堀は、

「よろしゅう頼む」

と、うなずいて見せた。

「はい」

等保も応えて、次には真っ直ぐに、山郷のほうへと向き直った。

「私は、御目付方のお部屋を出まして、もう二年が経ちますが、おそらくは今でもまだ私のことを『真面目で融通が利かぬ奴』と、煙たく思うておられる方が、わんさとおられることでございましょう。決めつけてこんなことを申しますのは、まこと僭越《せんえつ》にてございますが、おそらくは山郷さまも、そこが何よりご心配なところかと……」

「いや……」

さすがに目付の赤堀の眼前で、「その通りだ」とは言えないのであろう。

山郷は一応、首を横に振ったが、さりとてその後の言葉は続かないようだった。

「あの、山郷さま」

等保はそんな山郷の目を覗き込むようにして、真摯にこう言った。

「私は、御目付方でお勤めをさせていただけたことが、本当に今でも嬉しゅうございまする。私ども小坊主のできることなど高が知れてございますゆえ、御目付方の皆さまが日々どんなご苦労をなさって御役をお務めでいらしたことか、とうとう最後まで判らぬままにてございましたが……」

それでも御目付方の皆さまは小坊主である私どもにも公平公正を貫いて、他のご配下の皆さま方へ接するのと同様に、私どものことも信用してくださって、「そなたらは表坊主でもあるけれども、目付《われら》とともにこの目付部屋で御役に励む仲間でもあるからな」と、御目付方の配下の一人として、何でも普通に隠さずに仕事を命じてくださった。

　それゆえ小坊主の自分たちでも、「自分はれっきとした幕臣で、ほかの大人の幕臣の方々と同じように、御上《おかみ》のお役に立つことができるのだ」と、安心ができたのだ。

　その「自分は幕臣である」という揺るぎのない自負は、今でも自分自身を、根底から支えてくれていると、等保は力強くそう言った。

「どこに、どう、お勤めをいたしましょうが、幕臣は、幕臣にてござりまする。幕府のため、上様の御為《おんため》にと、どこでも力を尽くしますのが、ただ当たり前にてございましょう。この先に、もし私が山郷さまのように、どちらかのお大名家の家頼みになることができましたならば、精一杯にそのお大名家と幕府とをお繋ぎできるよう、尽力いたす所存にございますゆえ……」

「うむ。さようさな」

　横手から、赤堀が声をかけた。

「どうだな、山郷どの。ご嫡男を、目付方《うち》に入れるに、何ぞかまだご心配はおありか？」

「いえ……」

と、答えてきた山郷の声に震えを聞いて、赤堀は、ちと驚いた。

よく見れば、山郷は、目尻に涙の線をこしらえている。やはりこの表坊主は、金を欲しがる嫌いはあれど、心根は真っ直ぐなようだった。

「赤堀さま。どうか、倅を、よろしゅうお頼み申しまする」

「うむ。大船に乗ったつもりで、任せてくれ」

「はい。お有難う存じます……」

この山郷柳康が父親ならば、きっと倅も、素直な子供であるに違いない。

赤堀は、近く新しく入ってくるであろう十三歳の目付部屋専任の表坊主を、早くも心待ちに想うのだった。

第二話　博徒《ばくと》

一

江戸市中の武家地には『辻番所《つじばんしょ》』と呼ばれる、その地域の通行の安全を見張るための番所小屋が、点在する形で設けられている。

そもそもそうした路上にある番所は、幕府創成期のまだ世の中が荒れていた時期に、辻斬りや追い剝《は》ぎといった犯罪が路上で頻繁に起こっていたため、その抑止の目的で、幕府が江戸市中の辻々に設けていったものである。

そのうちの町人地に設けた番所を「自身番《じしんばん》」、武家地に設けたほうを「辻番所」などと呼び分けているのだが、創設から百年以上が経って世間が落ち着いた今、そうした路上の番所は、周辺に住む者たちが自衛のために、皆で運営費を出し合って維持しているものが、ほとんどであった。

となれば、その「周辺に住む者」が大名家のような大身《たいしん》武家である場合には、何らの問題もない。

多数いる自家の家臣を辻番所の番人として使えて、余分な人件費もかからないため、わざわざ他家と共営にせずとも自家だけで維持していけるのだが、小禄の旗本や御家人たちの場合には、そうはいかない。

家計にも家臣の数にも余裕はないため、近所どうし何軒もで集まって、それぞれの家格に見合った額の維持費を出し合い、番人を雇ったり、小屋の修繕費に当てたりしているのだが、どこもみな辻番所の運営には頭を悩ませているようだった。

そんな懐《ふところ》具合の苦しい辻番所が、赤坂《あかさか》の武家地にもあった。

旗本といっても家禄でいえば二百石程度から五百石くらいまでの、大身とはいえない旗本家ばかりが集まっている一帯である。

その赤坂一帯にある辻番所の巡視《じゅんし》を担当して、今日は徒目付の本間柊次郎《ほんまとうじろう》が数人の配下を連れてまわっていた。

江戸市中の武家地は若年寄方の管理下にあるため、その若年寄方の下僚として、幕臣を監督・監察する立場にある目付方が、辻番所全所の管理を担っているのだ。

実際に辻番所を定期的にまわって、異常事態の有無の報告を受けたり、それぞれの番所がきちんと機能しているかどうかを見極めたりしているのは徒目付たちで、広い江戸市中を区分けして、今日の本間柊次郎のように、交替制で巡視を務めているのである。

そうして本間が数名の配下たちとともに、広い赤坂のなかでも「中《なか》ノ町《のちょう》」と呼ばれる武家地にある辻番所に立ち寄って、いつものように番人たちに異常の有無を訊き始めた時だった。

「あっ、お役人さま！　ちと、あれをご覧になってくださいませ」

「ん？」

番人たちが指差しているのは、辻番所からも遠目ながらに見渡せる位置にある一軒の武家屋敷である。その門の脇に造られている潜り戸から、中間《ちゆうげん》と見える男たちが外に出てくるところであった。

「実は、あの『兼坂《かねさか》さま』がところのご家中が、この近所《あたり》ではずいぶんと嫌われておりまして」

「ほう……」

言いながら、本間はひょいと辻番所から顔を出して、かなり離れた場所にいる中間たちを改めて注視した。

遠目ゆえ一人一人の顔形までは見て取れないが、男たちは五人いて、何やら通りの真ん中で立ち止まって話をしている。様子から察するに、たぶんどこぞに飲みに行こうなどと、店でも選んでいるのかもしれなかった。

だが見たところ、ありきたりの「渡り中間」という風である。たしかに同じ中間でも、もっと見た目からして品が良く、いかにも「古参の忠義者」という感じの中間たちもいない訳ではないのだが、さりとてあの者たちが取り立ててガラが悪いようにも思えなかった。

「あの者たちの、どこがどう、近所に嫌われておるというのだ？」

「他家《よそ》のお女中さん方をからかって、それはもう、しつこく絡むんでございますよ。『これでは家の女中たちを買い物にも出せない』と、ここいらのお武家さま方は、皆さまお困りでございまして」

さすがに武家の妻女や娘たちには絡まずにいるようなのだが、女中や下働きの小女といった武家奉公の女たちが通りを歩いていると、目敏《めざと》く見つけて駆け寄って、わざと卑猥《ひわい》な声かけをしたり、女たちが嫌がって逃げ惑ったりする様子を見て楽しんだりと、他家の中間たちと比べても、とにかく素行がひどすぎるという。

「先日もご近所のお武家さまから、『何のための辻番だ。そうした輩《やから》を取り締まらなくてどうする?』と、お叱りを受けてしまったのでございますが、私どもがいくら止めに入りましても、馬鹿にして嗤《わら》うばかりで、いっこうにやめませんので……」

一昨日なども、また仕方なく意を決して、ここにいる番人二名で止めに入ったそうなのだが、「うるせえ、黙れッ!」と、一人は手荒く押し倒されて、その拍子に足を捻挫《ねんざ》し、もう一人は中間に片腕を取られてそのまま捻《ひね》り上げられて、今でもその左腕が痛んで満足に使えずにいるそうだった。

「そうか。それは災難であったな」

本間が労《ねぎら》ってやると、

「はい」

と、番人たちは二人揃って、やけに大きくうなずいてきた。

江戸城《しろ》から来た「お役人さま」に、自分たちの武勇伝を直《じか》に聞いてもらえて、誇らしい気分なのであろう。見れば、本間に真っ直ぐに、きりりと顔を上げている。

「………」

と、本間も二人に応えてうなずき返してやりながら、だが心の内ではため息をついていた。

本来ならば「辻番所の番人」は、受け持ち地区の路上の安全を守るのが役目なのだから、不埒《ふらち》にも路上で女人に狼藉《ろうぜき》を働こうとする輩がいるなら、武力を行使してでも取り押さえるのが当たり前なのである。

だが実際のところ、たとえば今ここにいる赤坂中ノ町の辻番所の番人などは、二人とも優に六十は越えていようと思われる年格好で、おまけに「番人」とは名ばかりの、実におとなしげな町人たちなのである。

武家地を守らねばならない辻番所の番人が、なぜこうした戦闘能力のまるでない高齢の町人になってしまっているのかといえば、それは辻番所の運営が、金銭的に常に苦しいからであった。

大名家のような大身武家が営む辻番所であれば、番人にはきちんと家臣たちを使うから、こたびのように渡り中間程度の者が相手であれば、自家から応援の家臣を出して取りおさえてしまったりと、いくらでも対応ができる。

だが、ここ赤坂中ノ町の辻番所のように、小身《しょうしん》の武家たちが何家もで費用を出し合って、常にギリギリの状態で「辻番所の体裁《ていさい》」を保っているところでは、番人に武力のある男たちなど雇えないから、安手の高齢な町人を形ばかり置いておくことになってしまう。

江戸中の辻番所を総括している目付方としては、本来ならばそうした辻番所は「問題あり」と見なして、きちんと辻番所として機能するよう指導しなければいけないのだが、よしんばこの近辺の武家たちを集めて「番人には、もっと若くて武力のある者を雇うように……」と注意したところで、「無い袖は振れない」というのが実情なのである。

本間ら徒目付たちも、その小身武家たちの実情は痛いほどに判っているから、こうしてなるだけ足繁く巡廻して、何ぞかあれば、直に自分ら目付方が機動することができるよう、日頃から気を配っているのだ。

つと見れば、くだんの兼坂家の中間たちは、どうやらようやく行き先が決まったものか、辻番所のあるこちらに背を向けて歩き出している。

「またぞろ夜中まで飲んでくるのでございましょう。ひどい時には、どこぞ岡場所にでもしけ込んでいるものか、揃って『朝帰り』というのも多うございますので……」

「さようか」

武家の渡り中間の類《たぐ》いはたしかに無頼《ぶらい》な遊び人も多いため、そうした者らが路上で起こす揉め事はいっこう絶える様子がなく、目付方《こちら》が見慣れて放っておけば、いいようにに更にのさばってくるのだ。

この赤坂の番人たちの訴えも、そのままに放置しておく訳にはいかないようだった。

「あの屋敷、『兼坂』と申したな？　ちと目付方《こちら》でも調べて急ぎ対処はいたすつもりゆえ、しばしの間はよろしゅう頼む」

「ははっ」

城の役人に直に頭を下げられて、番人たちはご満悦のようである。

本間は辻番所から通りへと出ると、懸案の兼坂家の中間たちを探した。

見れば、通りのはるか向こうに幾つかの影があるから、あれがさっきの中間たちなのであろう。ゆるゆると笑い騒ぎながら歩いているらしい男たちの背中を、本間は遠く眺めるのだった。

二

赤坂中ノ町の辻番所の一件について、本間が目付部屋に報告を上げたのは、翌日のことだった。

報告を受けて、この一件の担当目付となったのは、ちょうどその日が当番であった目付の西根五十五郎《にしねいそごろう》である。

中ノ町での一部始終を話し終えると、本間は続けて「兼坂家」の概略についての報告もし始めた。

「家禄のほどは三百石にてございまして、現当主の兼坂彦十郎《ひこじゅうろう》は、持高勤《もちだかづと》めにて『林奉行《はやしぶぎょう》』を相勤めておりまする」

林奉行は、幕府が直轄する森林を管理して、保護や植栽《しょくさい》、伐木や運材などを行う役職である。この林奉行というのは旗本身分の幕臣が就く役職ではあるのだが、「役《やく》高《だか》〇〇石」というような役高の設定のない『持高勤め』の御役であった。

つまりは幕府から「自分の家禄内で諸々の経費を賄《まかな》って、御役を相勤めよ」といわれているということで、それでもつい数ヶ月前までは、わずかに役料として十人扶持がつけられていたのだが、今ではそれも支給されなくなっている。

それというのも、幕府が今年初めに行った役高や役料の見直しによる改変で、林奉行の役料も取り止めになってしまったのだ。

「ほう……。それはまた気の毒なことだな」

本間からの報告に応えてそう言ってきたのは、西根五十五郎である。

だがよくよく西根の表情《かお》を眺めてみると、西根はいかにも愉快そうに、にんまりと口の片端を捻じ曲げている。本人は冗談のつもりかもしれなかったが、まるで他者《ひと》の不幸を愉しんでいるかのようで、正直、本間には不快であった。

と、その口には出さなかった反抗心が、ついうっかり顔に出てしまっていたらしい。

西根が嫌味《いやみ》たらしい「にんまり」を、今度は本間に向けてきた。

「どうした？　気に入らんようではないか」

「あ、いえ、とんでもございませぬ」

あわてて本間は首を横に振って見せたが、それがどうやら、かえって西根を面白がらせてしまったようで、西根はぐいっと乗り出してきた。

「おい。そこはどうでも驚かねばならないところだぞ。こちらがせっかく『気に入らんようではないか』と歯に衣着せてやんわりと文句を言うてやったのだから、そなたがほうも、ここは『え？』と驚いて、『何のことにてございましょう？』と、しらばっくれて見せてくれねば、こちらが割に合わんではないか」

「…………！」

瞬間、今度は本当にムッとして、本間は自分でも顔に出ているのが判った。

そんな本間を前にして、西根はまだ口の端を上げている。それでもさすがに「これ以上は……」と自制をかけたか、話題《はなし》を戻して訊いてきた。

「して、その林奉行どのは、自分のところの中間《もの》たちの暴れっぷりを存じておるのか？」

「いえ。どうやら当主のおらぬ時期《とき》ばかりを狙って、暴れているようにてございまして……」

辻番所の番人たちの話では、林奉行を務める兼坂家の当主がお役目で、長く屋敷を空けることが多いのをいいことに、中間たちが好き勝手をしているのではないかということだった。

「ちと調べてまいりましたら、たしかに今、林奉行の兼坂は、信濃《しなの》の御用林《ごようりん》の管理に長く出張《でば》っておりますそうで」

信濃の前にも甲斐《かい》や三河《みかわ》や遠江《とおとうみ》、駿河《するが》などにも順に立ち寄っていたようで、一つ地域の巡視が終わるごとに、まめに「御林」の現状を知らせる文を、江戸にいる同僚のもとに飛脚で送ってくるそうだった。

その同僚に、「まずは駿河からまわるつもりだ」と、兼坂がそう言って江戸を出たのは、昨年の九月半ばのことだったという。

「ここ十数年前からは、『諸国御林帳《しょこくおはやしちょう》』なる御用林の台帳をつけねばならなくなりましたそうで、どうやらそれで長く巡視にまわっているようにてござりまする」

そも今から百年ほど前の貞享《じょうきょう》二年（一六八五）に設置された『林奉行』は、当初は良材確保のための巡察を任じられていただけであったが、次第に職掌《しょくしょう》が拡大し、とうとう十数年前からは、くだんの「諸国御林帳」までつけねばならなくなってしまった。

だが、そうして職務が拡大していったのに反比例して、設置当初は定員四名だった林奉行は、五十年近く前の享保《きょうほう》の時代に半分に減じられ、たった二名になってしまったのである。

おまけに配下はといえば、役高三十俵二人扶持の『林奉行手代《てだい》』が十名ほどと、役料が十五俵から二十俵程度の『同心《どうしん》』が幾人かいるだけである。

それでも昨年の明和六年（一七六九）に、今いる本役の林奉行手代の他に「見習い」を採《と》るのが許されて、わずかに二名、役高十五俵一人扶持で増員されることとなったのだが、その代償としてか、本役の林奉行手代が一名減らされることとなり、九名だけになってしまったという経緯があった。

「仕事に手馴れた本役を一人減らされるくらいなら、見習いなんぞ入らぬほうがまだマシだと、当時はだいぶ不評であったそうなのでございますが、結句、古参の手代の一人が、倅《せがれ》を見習いに入れますのを条件に、泣く泣く辞めていったそうにてございました」

「三十俵二人扶持の親父が抜けて、倅が十五俵一人扶持では、実入りは半分ということか……」

ぼそりと言ってきた「西根さま」の顔つきに、またも余計な嘲笑のごときがあるのではあるまいかと、本間はちらりと横目で確かめて見たのだが、どうやら今度は、そういった気持ちはないらしい。

それが証拠に目付らしく、林奉行方《はやしかた》の全体を評して、こう言ってきた。

「御林がどれほどあるかは判らぬが、さような手薄で、実際、諸国に散らばる御林を良い状《よう》態に保《たも》てるものなのか否か、上《うえ》つ方《かた》にも改めて検証してもらわねばならぬな」

「はい。まことに……」

それにはまず目付方《こちら》のほうで、林奉行方の実態を正確に把握しておかねばなるまいと、本間柊次郎がこの先《ところ》の調査の手配を考え始めた時だった。

「おう。して、兼坂が家の無頼どもはどうした？　今はどこぞに預かってもらっておるのか？」

「…………！」

と、一瞬、本間は目を大きく見開いて、すぐに「しまった」という顔つきになった。

今こうして「西根さま」に訊かれて、ようやく気づいたという体《てい》たらくなのだが、まずはあの中間たちが女人に狼藉を働こうとした瞬間に、いわば現行犯の状態で捕らえておかなければ、目付方としては、どうにも動けないのである。

昨日の今日でこんな風に、中途半端な形で報告などせずに、もっと日数がかかったとしても、とにかく先に中間たちを現行犯で捕らえておいてから、目付部屋に注進にくればよかったのだ。

とてつもない自己嫌悪に押し潰されそうになりながら、

「申し訳ございませぬ……」

と、本間は畳に手をついて頭を下げた。

「まことにとんだ失態にてございますのですが、実はまだ辻番所の者らから、あれこれ話を聞いただけにてございまして、未《いま》だ現場を見た訳でも、捕らえた訳でもございませんで……」

叱責も罵倒も皮肉も覚悟の上で、本間は平伏し続けた。

だが目の前にいるはずの「西根さま」からは、いっこうに返事がない。その沈黙は今の本間にとっては叱責よりも耐え難《がた》いものであったが、自分が間抜けに妙な先走りをしてしまったのだから、致し方ないのである。

そう思って、本間がひたすら平伏を解かずにいると、

「おい」

と、西根がようやく口を利いてきた。

「いつまでそうしておるつもりだ。疾《と》く行って、無頼な者どもを捕まえてまいらぬか。またぞろ誰ぞ、そやつらの毒牙にかかったらどうする」

「あ、はい！　申し訳ございません。なれば、さっそく……！」

本間はそう言って立ち上がると、急ぎ配下の手配をつけて、赤坂の中ノ町へと向かうのだった。

三

兼坂家の中間四人が捕まって、くだんの辻番所の奥に設《しつら》えられた簡易な牢部屋《ろうべや》へ繋がれたのは、五日もしてからのことだった。

番人の者らが話していた通り、あの近辺の武家たちは、兼坂家の中間たちを警戒して、自家の女中や小女をなるだけ外に出さないようにしていたらしく、本間ら目付方が交替で辻番所から見張っていても、通りに出てくるのはどの武家《いえ》も男ばかりで、兼坂家の中間が女人に狼藉を働く現場《ところ》に居合わせることが、なかなかできなかったのだ。

現にその五日目に出た被害者は、たまたま別の地域《ところ》から中ノ町にある武家を訪ねてきた女人たちで、通りに出てきた兼坂家の中間四人が目敏くそれを見つけて、駆け寄って取り囲み、皆で口々にからかいながら、とうとう抱きついたのである。

そこを待ち構えていた本間ら目付方が数人で駆けつけて捕縛《ほばく》して、ようやく無事に「辻番所に監禁」という運びになったのであった。

急ぎ江戸城に立ち戻った本間から報せを受けて、目付の西根が赤坂の兼坂家を訪れたのは、その日の夕刻のことだった。

当主の兼坂彦十郎がまだ信濃にいることは、西根も本間も承知である。

その当主の留守中に押しかけて、「家中の者の風紀を粛清《しゆくせい》せよ」と、幕臣家としての監督不行き届きを注意しに行くとなると、応対に出てくる人物は、当主の妻女か、隠居した先代か、あとは用人といったところであろう。

だがそんな予想に反して、城から来た西根ら目付方を玄関で出迎えたのは、四十半ばと見える中間姿の家臣であった。

「あっしのようなお目汚しが、のこのこと罷《まか》り出やして、まことに申し訳ござんせん。実ァ今、主人《あるじ》の彦十郎が、御役目で信濃のほうに出ておりやして、この家の士分《さむれえ》の家《け》来《らい》二人も、皆お供についてってしめえやしたもんで……」

それゆえ今この屋敷には、彦十郎の妻女と中間の自分たち五人しかいないため、中間のなかでは一番に古株の自分が、こうして用人の代わりに客人の応対に出ているということだった。

その用人代わりの中間に、本間が軽く、こたびの目付方《めつけがた》の来訪の理由を耳打ちすると、中間は、

「いや、それは申し訳のねえこって……！」

と、玄関の式台に土下座して、平謝りに謝ってきた。

「相すいやせん。ちっと報せてめえりやす」

そう言って中間は、屋敷の奥へと走っていった。

はたして、ほどなく戻ってきたその中間の案内で、客間らしき座敷に通されると、そこにこの家の奥方であろう女人が控えて待っていた。

あらかじめ本間が調べてきたかぎりでは、当主の妻女は二十三歳ということだったが、顔立ちがすっきりとしていて幼げなせいか、十五、六とも見えるほどである。しごく細身で小柄なうえに、肌の色が浅黒く、一種、少年のような風情までが感じられる女人であった。

「当主の妻の『奈津江《なつえ》』と申す者にございます。このたびは家中の者に、とんだ粗相《そそう》がございましたようで、まことにもって申し訳も……」

そう言って畳に手をついて頭を下げてきた奥方の奈津江に合わせて、後ろに控えて座していたあの中間も、またこちらに土下座して見せている。

兼坂家のそんな主従の姿を、西根は白々とした顔つきで眺めていたが、つと急に視線をはっきり中間のほうに絞って、声をかけた。

「おぬしがほうは、名を『何《なん》』と申すのだ？」

「え？　あっし、でごぜえやすか？」

城から来た目付に、まさか中間の自分がわざわざ名を訊かれるとは思いもしなかったのだろう。男は目を真ん丸に見開いている。

その中間に、じっとりと目を合わせると、西根は不機嫌にこう言った。

「ご妻女のお名なれば、もう伺《うかご》うたのだから、こちらがあえて名を訊こうというなら、おぬしの他にはおるまいて」

「へい。申し訳ござんせん」

中間は素直に謝ると、今度は顔を上げて名乗ってきた。

「佐平《さへい》と申しやす。兼坂《こちら》のお家には、今は亡きご先代の、この奈津江さまのお父上さまの時分から、ずいぶんと可愛《かえぇ》がっていただきやして」

「ほう。ではご妻女が、兼坂の家のお血筋か？」

「はい」

と、奈津江が、西根に答えてうなずいた。

「私が八つの頃に、夫の彦十郎が十八で、この家に婿に入ってまいりました。けれど佐平は、私が生まれる前からおりましたので、うちでは佐平が、一等、古株なのでございます」

ついさっき話に出た士分の家臣二人も、佐平以外の四人の中間たちも、現当主の彦十郎になってから新しく雇った家臣なので、奈津江の両親も亡き今は、ここにいる中間頭《がしら》の佐平が、「兼坂家の長老」ということになるそうだった。

「なるほどの……」

兼坂家の事情を聞き終えて、西根は改めて佐平のほうに向き直った。

「では、おぬしが中間の頭ということなれば、いよいよもって監督不行き届きの責任《せき》があろう」

「へい、まこと、仰《おお》せの通りでごぜぇやして……」

真摯な顔でうなずいて、佐平は先を続けてきた。

「もう二度と他人様《ひとさま》にご迷惑なんざおかけしねえよう、あいつらには、うんとこさ灸《きゆう》を据えてやりやすんで、どうか今度ばかりはお許しを……」

奈津江と佐平が主従して揃って頭を下げてきて、結句、こたびは「屹度叱《きつとしか》り」ということで、辻番所に繋がれていた中間四人は兼坂家に下げ渡しとなった。

四人を引き取りに来たのは中間頭の佐平であったが、その引き取りの際、辻番所の奥からバツが悪そうな顔をしてぞろぞろと出てきた中間たちを、佐平は怒鳴りつけて横一列に並べると、端から一人ずつ順番に、横《よこ》っ面《つら》を張っていったのである。

そのうえで改めて、西根や本間ら目付方にだけではなく、辻番所の番人たちにも頭を下げさせたのだった。

そうして佐平が四人を連れて、兼坂家の屋敷の潜り戸から敷地内《なか》へと消えていった直後のことである。

「ふん。気に入らんな」

「え？」

急に「気に入らない」と言い出した西根の言葉に驚いて、本間が目を丸くしていると、たちまち西根が不機嫌な声を投げかけてきた。

「とにもかくにも引き続き、兼坂が屋敷をよう見張っておけ。今の四人だけではないぞ。商家《しょうか》の番頭《ばんとう》を気取ったあの『佐平』という中間頭も、『奈津江』と申す妻女からも目を離すな」

「ははっ。心得ましてござりまする」

いつものように本間が返事をして見せると、西根は辻番所の脇に繋いであった自分の馬に跨《また》がって、小人目付を一人だけ引き連れて、江戸城へと戻っていってしまった。

あとに残されたのは徒目付の本間柊次郎と、二名の小人目付だけである。

するとその二人のうちの片方、「切れ者の小人目付」として評判の蒔田仙四郎《まきたせんしろう》という男が、

「本間さま」

と、後ろから耳打ちするように言ってきた。

「もしやして西根さまは、あのご妻女と中間頭の『密通』を疑《うたご》うていらっしゃるのでございましょうか？」

「ああ。おそらくは、そのあたりであろうが……」

そう言って本間もうなずいたが、いま本間の頭のなかには、ついさっき会ったばかりの奈津江の姿が浮かんでいた。

「どうだ、仙四郎。さっきのあのご妻女を見て、さような風に思えるか？」

「いえ……。まあ何と申しましょうか、ちと子供の十五、六くらいの男子《おのこ》が、芝居で女形《おやま》をしているような風情でもございましたし……」

「おう、それよ、それ。まこと『芝居の若衆』といったところだったな」

あの若衆のような妻女と、先代からの古参の中間頭の二人を並べて、「密通を疑う」気持ちが判らない。ごく当たり前に二人を見れば、先代夫婦の忘れ形見の「お嬢さま」を守ろうとする忠義者と、その中間頭に全幅の信頼を置く家付き娘という関係にしか思えないのだ。

「おそらくは、逆にあの佐平という者《の》が残っておるから、ご当主は長い外出《そとで》の間も心配せずに、家を空けておられるのであろうさ」

本間が言うと、

「ええ、まことに」

と、蒔田も大きくうなずいた。

「ですが、まあ、いずれにいたしても、あの四人の中間どもがもう悪さをせぬものか否かは、しっかと見届けねばなりませぬゆえ、ここはしばらく私と功三郎《こうざぶろう》にお任せくださりませ」

蒔田が口にした「功三郎」というのは、二十三歳の野上《のがみ》功三郎という小人目付である。野上は去年、小人目付に抜擢《ばってき》されたばかりなため、先輩格の蒔田が自分に付けて、あれこれと指導しているのだ。

　そんな事情もあって、蒔田は野上を自分のもとに残して、別の小人目付に「西根さまのお供」を頼んだという訳だった。

「なれば仙四郎、よろしゅう頼む。ちとこちらは、いったん城へ戻って、兼坂家の実態について、さっき兼坂の家で聞いた話に嘘がないか否かも含めて、調べてみようと思うのだ。見張りの交替は手配をつけて、すぐにこの番所に向かわせるゆえ、待っていてくれ」

「はい。お有難う存じまする」

　頼もしい蒔田仙四郎と別れると、本間は一人、江戸城へと向かうのだった。

四

　徒目付となって今年で六年目の本間柊次郎は、今、二十七歳である。

　つまりは弱冠二十一歳の時に、役高百俵の『徒目付』にまで上がってきたという訳で、御家人身分の幕臣としては「異例」といえるほどの、ごく早い出世であった。

家禄五十俵の譜代の御家人家に生まれた本間柊次郎が、初めて幕府の御役に就いたのは十七歳の時で、御家人家の息子がよく就く歩兵部隊の『徒組《かちぐみ》』に、平《ひら》の番士として「番入り」をしたのだが、もとより剣の腕は確かで、人当たりも良く、気働きもする本間は、そこで頭角を現した。

「何をさせても目端《めはし》は利くし、真面目で武術の鍛錬も怠らないし、あの本間柊次郎なれば、『徒目付』に推しても大丈夫なのではないか」

と、当時、本間の上役であった徒組の組頭や、長官の『徒頭《かちがしら》』たちが、本間を新規の徒目付として推薦してくれたのである。

だが、実際にはそこからが、苦労と挫折の連続であった。

徒組の番士でいた頃は、武官の一員として真面目に当番をこなしたり、得意の剣術や槍術をさらにいっそう極めたり、初めてのことではあったが徒組の番士には伝統の、水練《すいれん》（水泳）の鍛錬に励んだりするだけでよかったのだが、いざ目付方の配下として配属されて、徒目付の一人となってみると、目付方の仕事の一筋縄ではいかない多種多様な難しさに直面することとなったのである。

もとより役高百俵五人扶持の『徒目付』は、御家人身分の幕臣たちの憧れの役職である。この徒目付を上手《うま》く務めて有能さを買われれば、役高二百俵の『徒目付組頭』

や、「旗本身分への昇格には最も近い」といわれている役高百十俵の『支配勘定《しはいかんじょう》』役、そうして支配勘定の上役にあたる役高百五十俵の旗本身分の職である、平の『勘定』役などへのお取り立ても見えてくる。

この御家人たち垂涎《すいぜん》の『徒目付』に、なんとも早い二十一という若さで就いたという訳なのだが、その早い出世が仇《あだ》となり、熟練の徒目付たちが平気でこなす「複数の仕事の同時進行」や、「機を読んで自ら動き、欲しい情報をつかみ取る」というような姿に、とにかく毎日、圧倒されて、動けなくなってしまったのである。

そのいわば「使えない新参の徒目付」を引き受けて、わざと自分の担当案件に就かせたのが、目付筆頭の十左衛門であった。

元来、この「ご筆頭」は、配下に無理を強いて潰すような、強引な性質《たち》ではない。

本間が自分の未熟さを痛感して、怖さで動けなくなっているのだと見て取ると、その不要な「怖さ」の原因《もと》を払拭《ふっしょく》してやるために、上役の目付である十左衛門が、今抱えている案件をどう読んでいるものか、またこの先の調査《しらべ》をどう進めるつもりでいるのか、それゆえ配下の本間柊次郎に今一番に何をこなして欲しいのか等、必要な折々に逐一ていねいに、本間に話し聞かせてやったのである。

この十左衛門のやり方が、萎縮して動けずにいた本間柊次郎を、一気に救うこととなった。

目付方の仕事であるから、むろん簡単なことばかりではない。心の頼りの「ご筆頭」にすぐには指示を訊けなくて、自分で判断しなければならない瞬間《とき》などは、その責任の重さに潰されそうになることもあったが、それでも自分なりに精一杯、勘や頭を働かせて、まずは一番に自分がやるべきであろうと思った仕事を一つずつ、一つずつ、懸命にこなし続けてきたのだ。

そうして現在《いま》、六年が過ぎて、歳も二十七となり、やっと自分を狙い《い》の通りに動かして、仕事を進められるようになったのである。

それゆえこたびの「西根さま」のように、何かと本音や本心が要《い》らぬ皮肉に隠されて読みきれない目付の存在は、仕事をひどくやりづらいものにさせていた。

今の兼坂家の一件についても、そうである。

自分や蒔田が「まさか、それは無いだろう」と踏んでいる奈津江と佐平の密通を、本当に西根は「ある」と思って見張らせているのか、それとも何か、もっと別の予想《みたて》があって兼坂の屋敷を調べさせたいのか、そうしたいわば「最も、聞かせておいてもらいたい部分《ところ》」を、口にしてくれないのだ。

むろん上役《うわやく》の「御目付さま方」とて、担当案件の調査《しらべ》の先を読み間違えて、配下のこちらに無駄な調査をさせたとなれば面目を失うことにもなろうから、「ご筆頭」との仕事の際のように、逐一何でも話してくれるという訳にはいかないのであろうが、それでも「西根さま以外の方々」ならば、本間《こちら》が訊けば、程度の差こそはあれ、一応は答えてくれる。

だが今回も、案の定「西根さま」は、無駄な嫌味や皮肉を並べて遊んでばかりで、こちらが一番に聞きたいことは、いっこうに聞けないのである。

とはいえ、むろん「別段、何も無さそうだから……」といって、この案件を途中で放り出す訳にはいかない。こたびの一件において、西根が何を問題視しているのかを精一杯に予測しながら、本間は蒔田ら配下たちとともに兼坂家について懸命に調べ続けていた。

その第一弾の報告を取り合えずしてみようと、本間が意を決して「西根さま」を目付方の下部屋に呼び出したのは、十日ほどした頃のことだった。

「兼坂家の夫婦を含めた家中の人員につきましては、おおかたはあのご妻女が申していた通りにございました……」

今は亡き先代の夫婦には奈津江のほかに子はなくて、その一人娘に、遠縁から十八歳の彦十郎を婿として迎えたのは、奈津江がまだ八つの頃だった。

奈津江の母は、まだ娘が三つにもならぬうちに病で亡くなっており、したがって奈津江は「母」というものを知らないまま育ったようであったが、幸いにして兼坂の家には古参の女中がいたため、その女中が母親代わりとなって、奈津江を可愛がって育てていたらしい。

一方、婿の彦十郎は、兼坂家に婿養子に来てほどなく、兼坂家の嫡養子として『大《おお》番方《ばんかた》』に番入りをし、役高二百俵の平の『大番士《おおばんし》』となっていた。

その彦十郎が、兼坂家の当主となったのは、婿に来てから二年目のことであった。大番方で組頭をしていた先代が病を得て急死して、二十歳の彦十郎が兼坂家の家督を継ぐこととなったのである。

この時、奈津江はまだ十歳であったから、二十歳と十歳という、実にもって頼りなげな当主夫妻が誕生したという訳だった。

「大番なれば、京や大坂の在番《ざいばん》があろう？　あの奈津江という妻女、そうした十やそこらの頃から、両親《ふたおや》も夫もおらぬ留守の屋敷で、長く一人で過ごしていたということか？」

報告の途中で、またも奈津江の密通を疑うような物言いをしてきたのは、西根五十五郎である。

そんな「西根さま」に対し、本間は少しく奈津江を庇うように、こう言った。

「ですが、つい二年ほど前までは、先代の頃からの忠義の用人がいたようにてございますし、他にもくだんの母親代わりの老女中が、今も『通い』ではありますが、毎日、屋敷に来ているそうにてございますので」

「ん……？　何だ、おぬし、まさか妻女の密通でも疑っておったのか？」

「…………！」

逆に西根に妙な訊かれ方をされて、本間が一瞬、言葉を返せなくなっていると、西根は「呆れた」という風に、大袈裟に両肩をすくめて見せてきた。

「ないない、密通はないぞ。あの『奈津江』という妻女を見たであろう？　あれなら芝居の女形のほうが、よっぽども艶《つや》っ気があろうというものだ」

「…………」

と、本間は、自分の顔が見る見るうちに険しくなっていくのが、はっきりと判った。

「こちらとて、さようなことは、とうに判ってござりまする。ですが何ぶんにも肝心要《かなめ》の西根さまが、兼坂《かねさか》家の何をどう疑っておられるものか、いっこうに教えてくださらないではございませんか」

とうとう言ってはいけない台詞《こと》を吐き出してしまい、本間はさっき感じた腹立ちが、すでに一気に、後悔と焦りのなかに沈んでいくのを感じていた。

もう、何と次の言葉を繋げればよいのか判らない。やはり自分から「進退伺い」を出さねばならないのだろうかと、本間が地の底に沈んだような心持ちで考え始めていると、いきなり前で、「西根さま」が言ってきた。

「あの兼坂家《いえ》の何を、どう、疑えばよいのか判っておれば、もうとうに『他はいいから、疾《と》く、あれを調べよ』という具合に、はっきりと命じておるわ」

「え……」

思いがけない「西根さま」の返答《こたえ》に、本間が絶句していると、

「ふん」

と、西根が不機嫌に、鼻を鳴らして言ってきた。

「判らぬか？　あの二人、妙に芝居がかっておったであろうが。『奈津江』とかいう妻女にしても、『佐平』と申す中間にしても、言うこと成すこと、みな芝居の一幕のごときで、血の通った風が見えんのだ」

「はい……。たしかに、そうしたところはございました。まるで安手の芝居のように、やけに忠義の中間が用人のごとくに出てきたり、その中間を『この家の誰よりも古株だ』などと、妻女が持ち上げてやったりと……」

「おう、そこよ。武家に古参の奉公人など幾らもおるし、第一、あんな中間なんぞが、目付方の応対に出しゃばってこんでも、あの妻女は十二分に、こちらと口を利けたではないか」

「はい。まことに……」

重い病か何かで寝たきりであったり、ひどく幼い子供であったりするのなら、ああして佐平のような中間頭が応対に出てくるのもうなずけるが、奈津江は二十三にもなる大人で、口もしっかり利けるのである。

れっきとした旗本家の屋敷でありながら、城から来た役人の応対に、わざわざ中間を出してくるなど、改めて思えば「異常」以外の何ものでもない。

それゆえ「西根さま」は、「兼坂家から目を離すな。あの妻女も、中間頭も、すべて見張って、見逃すな」と、そう命じられたのだ。

「まことにもって申し訳ござりませぬ」

改めて本間は畳に平伏すると、正直に、こう言った。

「今お話を伺《うかご》うて初めて、ようやくはっきり『あれは妙だ』と気づいた次第にござりまする。その自分の読みの浅さを棚に上げて、西根さまに対し、かような真似をばいたしまして、本当に申し訳も……」

「ふん。いいから、早う続きを話さぬか」

「ははっ」

本間はようやく顔を上げると、再度、報告をし始めた。

「あのご妻女の、日頃の暮らしぶりにてございますのですが、ちと驚きましたのは、琴や生け花の師匠をいたしておりましたことで……」

そうはいっても、大々的に弟子を取っている訳ではなく、屋敷に出入りの商人の妻たちを集めて教えているだけのようだった。

「そうした大店《おおだな》の内儀《ないぎ》たちから話を聞きつけて、どこぞの旗本家の母娘《おやこ》が、『自分たちも、是非、教えを請いたい』と、わざわざ遠くから訪ねてきたそうにてございますのですが……」

この話を本間に聞かせてくれたのは、くだんの辻番所の番人たちである。

まだほんの一、二ヶ月前の話だが、同じ赤坂でも少し離れた三分坂《さんぶんざか》の武家町から来たという武家の母娘とお供の者が辻番所を訪ねてきて、「兼坂さまのお屋敷はどちらでございましょうか」と、道案内を求めてきたという。

だがいざ兼坂の屋敷まで案内をして戻ってくると、兼坂家に入っていった母娘がすぐにまた外に出てきてしまったのが見えた。その母娘の様子がひどく気落ちした風なので、辻番所の前を通りかかってきた時に「どうなさいました？」と訊ねてみると、「娘に琴やお花を教えてもらおうと思って、お願いに来たのだが、『出入りの商家の妻《もの》に世間話の手慰みに教えているだけだから……』と断られてしまった」と、残念そうに話してきたそうだった。

「ほう、世間話の手慰みか……」

「はい。それで、つと気がついたのでございますが、生け花や琴を教えているという話のわりには、屋敷に花を持ち込んでいる様子もございませんし、琴の音も聴こえてはまいりませんので……」

外からでは屋敷の庭がどうなっているか見える訳ではないから、もしかしたら兼坂家の庭が花だらけで、そこから花を調達しているのかもしれないし、琴の音も外の通りにまでは聴こえてこないだけなのかもしれなかったが、とにかく花だの琴だのの気配は皆無《かいむ》なのである。

「なるほどの……」

西根は何やら考えているらしく、顎《あご》に手をあてて目を伏せていたのだが、しばらくすると、急にぽつりと言ってきた。

「やはり何ぞか、商売《あきない》のごときをしておるのやもしれぬな」

「商売、でございますか？」

意外な話に本間が目を丸くしていると、西根は古い一件の話をし始めた。

「あれはたしか三千石ほどの旗本家の隠居であったが、以前、駿河台《するがだい》の武家町で、親類や知己の旗本を相手に、詐欺まがいの『唐物商売《からもの》』で儲けていた一件があったのだ」

南蛮《なんばん》渡りの骨董や珍品だと嘘をつき、まがい物を買わせていたのだが、いざ事件の全容が判ってみると、その大身旗本の隠居自身も騙《だま》されていて、あれこれ高額で買わされており、本当の悪党は唐物屋の主人と、その唐物屋から紹介料を取って懐に入れていた、その屋敷の用人だったというのだ。

「では、こたびの兼坂家も、あの佐平と申す中間頭が糸を引いて、商家の内儀たちを相手に、何ぞか悪辣《あくらつ》な商売でも……？」

「商家の女房連中以外に、あの屋敷に『出入り』はないのか？」

「はい。屋敷に出入りをいたしますのは、佐平をはじめとした中間たちと、奈津江というご妻女、あとは外から通いの古参の女中が一人だけでござりまする」

「その『通いの女中』はどうだ？　何ぞ怪しげなところはないようか？」

「はい。幾度か帰宅《かえり》を尾行《つ》けさせてみたのでございますが、どうやら倅《せがれ》一家のところに、ともに住み暮らしているようにてございまして……」

　その倅は、同じ赤坂でも町人地が広がっている区域のなかの「新町《しんまち》」と呼ばれる町場で、障子や襖、欄間や板戸などを作る建具職人の親方をしており、身元のほうは、しごく確かであるということだった。

「兼坂の家の女中は、年齢《とし》の頃も、すでに六十は優に過ぎておりますし、毎朝決まって五ツ刻《どき》（朝八時頃）にはやってきて、夕方の七ツ刻（午後四時頃）には帰るという、まことに判で押したような暮らしぶりにございますので」

「そうか……。ではやはり、胡散臭《うさんくさ》いのは、あの中間頭というところか……」

　言い差して、西根は考え込んでいる。

　その「西根さま」が、今はどのあたりに引っかかりを感じて、この一件をどんな風に見立てているのかは判らなかったが、そこは今、無理に訊いてはいけないのである。

　そんな西根側の事情が予測できるようになっただけでも、本間には有難かった。

「まずは妻女や佐平や中間たちの行動《うごき》から、これまで同様、目を離さぬようにいたしまます一方で、少しく配下の手を増やしまして、兼坂の屋敷に通ってくる商家の内儀たちを、一人ずつ細かく探ってみようと存じまする」

「うむ。何ぞか妙な動きがあったら、些細《ささい》なものでもよいゆえ、すぐに報せてくれ」

「ははっ」

ようやく意思の疎通ができるようになった嬉しさを噛みしめながら、本間は蒔田らのところに立ち戻るべく、下部屋を後にするのだった。

五

兼坂家に通う「生け花や琴の弟子」たちは、どうやら五人で全員のようだった。

まずは赤坂新町四丁目の大通りに店を構える、油問屋『上総屋《かずさや》』の主人の内儀で、「みね」という四十三歳の者。

次には同じく赤坂新町四丁目の、『上総屋』の数軒先にある提灯屋《ちようちん》『田丸屋《たまるや》』の主人の母親で、五十七歳の「幸《さち》」。

三人目と四人目が、赤坂新町五丁目にある饅頭屋《まんじゆう》『たね屋』の女房で、二十三歳の「節《せつ》」と、その姑《しゆうとめ》にあたる『たね屋』の女隠居で、六十一歳の「嘉枝《かえ》」。

そうして最後の五人目が、赤坂からは少し離れた六本木町《ろつぽんぎちよう》の小間物屋《こまもの》『京屋《きようや》』の内儀で、三十四歳の「伊登《いと》」という女であった。

この五人が兼坂家に集まるのは不定期で、たとえば「三日に一度」などと決まりがある訳ではなさそうだったが、どんなに間が空いたとしても十日と空くことはなく、また集まる時刻はしっかり定まっているようで、昼日中の九ツ半（午後一時頃）前には全員がやってくる。

解散となるのは日によってまちまちなのだが、大抵は一刻《いっとき》（約二時間）余りが過ぎた八ツ半（午後三時頃）過ぎに、一人また一人と、バラバラに屋敷の潜り戸を抜けて外に出てくる。

早い日は、半刻（約一時間）ばかりで解散となる時もある一方、一刻半（約三時間）以上も経ってから、ようやく出てくることもある。

その間というもの、やはり琴の音はまるで聴こえず、花材もいっさい持ち込んでいる様子は見られなかった。

だがそうして、奈津江の弟子たちを見張り始めて一ヶ月《ひとつき》半ほどが経ったある夕方のこと、本間たちが待っていた「異常な事態」が、突然、現れたのである。

その日は解散となるまでが異様に長く、女たちは、なんと二《ふた》刻（約四時間）余りも屋敷に籠もっていたのだが、ようやく皆がバラバラと出てきた七ツ半（午後五時頃）過ぎ、弟子のうちの二人、饅頭屋『たね屋』の嫁と姑である「節」と「嘉枝」が、自《い》宅《え》に真っ直ぐ帰らずに、自宅からはかなり離れた赤坂裏傳《うらでん》馬町《まちょう》の街なかを、うろうろし始めたのである。

それも表通りのにぎやかな場所ばかりではなく、横道に入ってみたり、裏手の路地を歩いてみたりと、明らかに何かの店を探している様子である。

嫁と姑が二人して顔色を青くして、足早に焦って何かを探しまわっている姿は、鬼気迫るものがあったが、いよいよ暮れ六ツ（日の入り時）が近いかと思われる夕刻、とうとう二人が探していた店が見つかったようだった。

質屋である。

その小体《こてい》な質屋は、赤坂裏傳馬町三丁目の裏手の路地にあったのだが、二人はホッとした顔でうなずき合って店のなかへと入っていくと、しばらくして出てきた時には明らかに、がっくりと肩を落としていたのだ。

「どうやら思うようには、金にならなんだようだな」

遠くから二人を眺めてそう言ったのは、本間柊次郎である。

今日、饅頭屋『たね屋』の嫁と姑を尾行していたのは本間と蒔田仙四郎の二人組で、いつもとは様子が違う饅頭屋の女たちに驚かされながらも、懸命に見つからないように身を隠して、女二人を追ってきたのだ。

そしてとうとう、赤坂裏傳馬町の裏手まで追ってきて、質屋に金を作りに来たらしい嫁と姑の姿を目にすることができたのである。

「二人とも、髪に簪《かんざし》や櫛《くし》がございません。先ほどまでは、たしかに姑の頭には珊瑚《さんご》玉《だま》の簪と、漆塗《うるしぬ》りの立派な櫛がございましたゆえ、嫁の髪にありました品と一緒に、質に出したのでございましょうな」

「ああ」

と、本間も付け足した。

「嫁のほうの櫛簪《さしもの》は、たぶんもとより大した額にはならなかったであろうが、姑の、ことに珊瑚の簪なんぞは、期待するに十分であったろうからな」

「はい……。けだし質屋は客の足元を見ますゆえ、あの真っ青な顔つきで、それも女二人で店に飛び込んでしまいましては、いいように買いたたかれてしまいましょうし」

「さようさな……」

嫁と姑が二人して、必死に質屋を探しまわって飛び込んで、とにかく金を作ろうとしているのだから、おそらくは兼坂家のなかに、どうしてもその金が必要な何かがあるということなのであろう。

その金策に失敗して、とぼとぼと帰路についたらしい饅頭屋の女たちの尾行を蒔田に任せると、本間は一人、江戸城へと取って返し、目付部屋にいた「西根さま」へ報告をした。

だが本当に驚くべき事態は、数日後に起こったのである。

その日、朝方の早くに、饅頭屋の女二人は連れ立って、またも兼坂の屋敷へと向かったのだが、屋敷の前には門番よろしく兼坂家の中間の一人が立っており、恐ろしいことにはその横に空《から》の町駕籠《まちかご》が二挺《ちょう》、用意されていたのだ。

そうして案の定、饅頭屋の二人が兼坂家の門前に到着すると、中間は女たちを促して、二人を駕籠に乗せたのである。

「いや本間さま、これは良うございませんな……」

「ああ……」

饅頭屋の前から二人を尾行してきた本間と蒔田は、出発した町駕籠二挺と中間を追って、自分たちも歩き出した。

兼坂家のある赤坂中ノ町から、人目を避けるように静かな武家町の通りを南西の方角に進んでいくと、右手が大名屋敷、左手が町場という赤坂今井町《いまいちょう》の大通りが見えてくる。

その大通りを進んで、突き当たりを右に曲がると、青山組屋敷の塀が左右両側に延々と続く通りに出た。

中間は駕籠二挺を引き連れて、青山組屋敷の通りを抜けると、また出てきた突き当たりを、今度は左に曲がった。

「この先を北へ向かえば、『六道ノ辻《ろくどうのつじ》』にてござりまする。その先を、さらに北へと進みますようなれば、たぶん二人を連れていくのは内藤新宿《ないとうしんじゅく》でございますかと」

「ああ、おそらくは新宿であろうな……」

蒔田が言うのに応えて、本間もため息をついた。

六道ノ辻というのは、小身の幕臣家ばかりが集まっている武家地にある六股《むつまた》の辻のことなのだが、その六道ノ辻を北の方面へと曲がって進んでいくと、四谷《よつや》の大木戸があり、その先は江戸の市内から外れた内藤新宿の町なのだ。

宿場町である内藤新宿には、江戸から旅に出る者や、逆に江戸まで戻ってきた旅人たちが宿泊する旅籠屋が、数多く建ち並んでいる。だが内藤新宿にある旅籠屋が他の町場の旅籠と違っているのは、俗に「飯盛り女」と呼ばれる部屋付きの仲居がいることだった。

名に「飯盛り」とあるだけあって、宿泊客の食事時には、お代わりの飯を盛ったり、茶を淹れたり、酒の酌をしたりする。ただしその食事の後にも、相応の金子《きんす》を払いさえすれば、客の求めに応じて床にも一緒に就くのである。

この場末の売女《ばいた》に、おそらくは饅頭屋の嫁を売ろうとしているのではないかと思われた。

「どういたしましょう？　どうやらあの旅籠屋のなかに、入っていくのではございませんかと……」

蒔田の言う通り、二挺の駕籠が、通りに建ち並んだ旅籠屋のうちの一軒の前に、横付けになっている。

すでに駕籠は地面についているというのに、嫌がってなかなか降りようとしない饅頭屋の嫁の腕を引っ張って、兼坂家の中間が無理やり駕籠から出そうとしていた。

「どういたしましょうか、本間さま。ここは町人地《まちば》で、売るほうも売られるほうも町人ではございますし、やはり急ぎ町方を呼びましたほうが、よろしゅうございましょうか？」

「いや……」

考えて、本間は首を横に振ると、腰の刀に手を置いた。

「幕臣の家中の事件《こと》として、目付方《うち》で捕らえる」

言うが早いか、本間は腰に手を置いたまま、くだんの旅籠屋の前まで駆け出した。

いきなり駆け寄ってこられて、驚いたのであろう。兼坂家の中間は、しばし棒立ちになっていたが、すぐに「この間、自分を捕まえた目付方だ！」と、気がついたらしい。自棄《やけ》になったか、中間は、あろうことか懐から匕首《あいくち》を取り出して、白刃を構えてきた。

だが本間柊次郎は、目付方のなかでも一、二を競う剣の腕の持ち主である。匕首を持った中間一人を相手に、幾らの手間もかからなかった。

「野郎ッ！」

と、匕首を手に突っ込んできた中間を左に躱すと、刀なんぞは抜きもせず、両手を固く握った拳《こぶし》で、ガラ空きになった中間の背中を、ドンと上から突き潰したのである。

「うッ……！」

と、唸って、そのまま沈み込んだ中間を、横手から蒔田仙四郎が手慣れた手つきで捕縛した。

つと見れば、饅頭屋の女二人はまだ駕籠のなかにいて、訳が判らぬ状況にすっかり言葉を失っている。ガタガタと震えて歯の根も合わないらしい嫁の様子を見て取って、本間は声をやわらかくして、こう言った。

「江戸城《しろ》から来た目付方の者だ。幕臣の取り締まりに、兼坂の家を調べておるだけゆえ、そなたらは怖がらずとも大丈夫だ」

「………」

声は出せないようだが、饅頭屋の嫁は、かすかにうなずいてきた。

それに優しくうなずき返してやると、本間は蒔田のほうに向き直った。

「このまま城の近くまで帰って、二人から詳しゅう経緯《いきさつ》を聞きたいが、『それ』は引っ張って、歩けそうか？」

それというのは、さっき蒔田が捕縛して、今は縄尻をつかんでいる兼坂家の中間のことである。本間に拳で背中を打たれて一度は地べたに沈んだものの、今は何とか身体を起こし、縄を打たれたまま座り込んでいる。

「大丈夫でございましょう。なれば、そちらは、そのまま駕籠で……？」

「ああ」

旅籠屋の前で棒立ちになっていた二組の駕籠かきに声をかけると、本間たち一行は今来た道を戻って、城のほうへと向かうのだった。

六

本間ら一行が戻ってきたのは、江戸城の『半蔵御門《はんぞうごもん》』から程近い麹町《こうじまち》の料理屋であった。

半蔵御門の近くには、城の内堀沿いに辻番所が幾つも設けられているのだが、そうした辻番所のなかで饅頭屋の女たちから仔細を聞こうと思っても、たぶん怖がってしまって、思うようには会話《はなし》ができないに違いない。

それゆえ本間は料理屋の奥まった一室を取って、そこに「西根さまをお呼びする」べく、蒔田に頼んで、城にいる西根のもとへと向かってもらった。

その西根が料理屋に到着し、饅頭屋の女二人を前にしたのは、日も少し傾いてきた八ツ半（午後三時）過ぎのことである。

すでに饅頭屋の二人には、料理屋に頼んで茶や菓子を出してもらい、一息ついてもらっている。

城まで西根を迎えに行った蒔田が、「西根さま」の供をして戻ってきた時には、あれほど怖がって震えていた嫁の顔も、やわらかくなっていた。

「目付の西根五十五郎だ。この本間からも聞かされたと思うが、我ら目付の調査《しらべ》の向きは、幕臣の兼坂《かねさか》家である。さよう心得て、何でも怖がらずに話すがよいぞ」

西根と組んで、女がらみの案件を担当した配下《もの》なら承知していることなのだが、この西根五十五郎は、こと女人が相手の場合には、いつものような意地の悪い口は利かない。

今も饅頭屋の女二人を前にして、本間らが内心で驚くほどの、優しげな声を出していた。

「そなたらが赤坂新町にある『たね屋』の家人《かじん》であることは、すでに聞いて存じておる。まずは商人の妻女であるそなたらが、兼坂の屋敷に足繁く出入りいたしておる理由《わけ》を知りたいのだ。商家の者が、商売《あきない》で武家を訪ねるとなれば、おおかたは手代や番頭、主人といった男ばかりであろう？　何ゆえに妻女であるそなたらが、武家をまわっておるのだ？」

わざと何も知らないふりをして、西根はなるべく女たちの口から兼坂家の内情について、聞き出そうとしているようである。

女二人は困った顔を見合わせて、しばし躊躇していたが、姑のほうが心を決めたらしく、口を開いてきた。

「たね屋の主人の母親で、嘉枝と申す者でございます。ここにおりますのは、嫁の節でございまして」

「うむ。して、お姑《しゅうと》どの、兼坂へ出入りの理由だが、何ぞそなたらご妻女が商売に武家をまわるような、特別な仔細がおありか？」

「いえ、私どもは商売でお訪ねしている訳ではございません。奥方の奈津江さまが、お琴や生け花のご教授をしてくださいますので、それで通っているだけでございますので」

「ほう……。したが、その師範の代金《だい》が、さように法外な額であるのなら、幕臣の取り締まりが役目の目付方《こちら》としては、是か非かを問わねばならぬのでな」

「…………！」

　姑の嘉枝が答えられなくなったのを見て取って、西根はさらに重ねて言った。

「嫁御《よめご》を『飯盛り』に売らねば間に合わぬほどの借財を、どうで琴や生け花で拵《こしら》えることができるというのだ？　あの兼坂に騙されて妙な物でも買わされたか、もしくは何ぞ痛む腹でも探られて金子《きんす》をせがまれておるのではないのか？」

「いえ、そんなことは……」

　と、嘉枝が首を横に振った時だった。

「申し上げます！」

横手から、それまでずっと黙っていた嫁の節が、前ににじり寄ってきた。

「姑《はは》も私も、そうした弱味《もの》がある訳ではございません。お金に困《あし》るようになりましたことは、すべて賭け事のせいなのでございます。奥方さまに、それは綺麗なカルタを見せていただいて、皆で夢中になってしまって……」

「もしやして、『うんすんカルタ』か？」

西根がそう言うと、

「はい、そうでございます。その『うんすんカルタ』にございます」

と、節はうなずいた。

「なんでも高価な南蛮渡来のカルタだそうにございまして、奥方さまのお話では、京ではお公家《くげ》の皆さまなども、こぞって遊ばれておりますそうで……」

絵の札がとても綺麗で最初は本当に驚いた、あのうんすんカルタは本当に楽しかったと、節は隣にいる姑の嘉枝と目を合わせて、何度もうなずき合っている。

そんな二人の様子に、西根ははっきり顔をしかめて、女たちに冷や水を浴びせかけるように言った。

「公家が遊んでおるか否かは判らぬが、うんすんカルタは南蛮渡来などではないぞ。

昔、南蛮から来たものに似せてはおるが、あれはたしか備前《びぜん》あたりで、多く作られておるのであろうて……。現に拙者も、他者《ひと》から貰《もろ》うて、持っておるわ」

「え……」

たぶん「南蛮渡来の珍品」という触れ込みを信じ込み、しごく貴重な品物を触らせてもらっているのと喜んで、カルタで遊んでいたのであろう。だがそのカルタが実は南蛮渡来などではなく、たいして珍しくもなさそうだということに、二人はひどくがっかりしたようだった。


「あの、西根さま。そのカルタと申しますのは、賭け事の……？」

横手から遠慮がちに訊いてきたのは、本間柊次郎である。話に出ている『うんすんカルタ』なるものなど、見たことも聞いたこともなく、「カルタ」と聞けば子供の遊び道具と思っているため、それが賭け事になるというのが想像もできなかった。


「さよう。『棍棒』だの、『剣』だの、『金貨』だの、五種の模様に組み分けがされておってな。それに加えて『騎馬の武者』だの、『唐人』だの、『龍』だのと、派手な絵札も六枚ずつ、組に入っておるのだが……」

たとえば『金貨』の組ならば、金貨が一個だけ描かれた札から、金貨が九個描かれた札までの九枚があり、そのほかに金貨を持った「騎馬武者」「女従者」「歩兵」に、

「唐人」「福の神」の五種類の絵札と、組のなかでは別格の「龍」の絵札とで、十五枚が一組《ひとくみ》となっている。

「まあ、たとえるならば、一隊に十五人ずつ『一組《いちくみ》』、『二組《にくみ》』と組み分けをした、番方のようなものだ」

「なるほど……。して、それで、どうやって賭け事をいたしますので？」

「金の賭け方なんぞは、胴元によってそれぞれであろうが、そもそものうんすんカルタの遊び方《よう》に、勝ち負けがある。その勝ち負けで、金を賭けておるのではないのか？」

西根が今度は女たちのほうに話を向けると、姑の嘉枝が嫁より先に出しゃばってきて、説明をし始めた。

「はい。一番早く自分の持ち札がなくなるか、『福の神』と『龍』と『唐人』の札を同じ組内で揃えるかいたしますと、それで勝ちとなりまして、残りの者はそこで全員、負けとなり、持っている札の分だけ支払《はらい》となりますので……」

まずは一人に九枚ずつ持ち札を配り、残った札を「山札《やまふだ》」として見えないように絵を伏せて積んでおき、一人目から順番に山札から一枚引いて、不要な札を一枚捨てる、というのを繰り返していく。

集めたいのは「三枚以上の同じ数の組み合わせ」か、「三枚以上の同じ組内（金貨などの柄）の組み合わせ」、または「三枚以上の続く数の組み合わせ」で、こうした組み合わせが完成すると、すぐに皆に見せる形で捨てることができるのである。

そうして持ち札をすべて捨てることができるか、もしくは福の神と龍と唐人の絵札を同じ組内で揃えられれば「勝ち」となり、その瞬間に他の者は全員「負け」て、手に残った札の分だけ、金の支払いをしなければならなかった。

一から九までの数札ならば、「一点から九点」というように数の大きさが点になる。騎馬武者、女従者、歩兵、唐人、福の神の五種の絵札は、手元に残ると「十点」に、龍の絵札は「十五点」で、兼坂の屋敷で遊ぶ際には「一点につき十文」を支払う決まりとなっていた。

「たとえば、どなたかの運がすこぶる良くて、こちらが何も捨てられないまま、すぐに勝たれてしまいましても五、六十点がせいぜいでございますので、五百文や六百文なら出せない額ではございません。その反対に自分が勝てば、少ない時でも千文ぐらいにはなりますし、多い時には四千文を超すほどいただいた時もございました」

勝った勝負を思い出しているのであろう。嘉枝は目を、うっとりとさせている。

そしてとうとう明らかに、愚かしいことを口にした。

「おまけに自家《うち》は私と節とで二人おりますので、他の三人の方々のように、自分一人で勝たなければならない訳ではございません。私か、節か、どちらか一人が勝ちさえすれば、大儲けでございますので」

そう言っている姑の横で、嫁の節のほうは目を伏せて、小さく唇を噛んでいる。

二人で負ければその分が倍になるということで、その当たり前が判らなくなっている姑に、困っていたに違いなかった。

「ところで、嫁御どの」

そんな節を見て取って、いきなり西根がこんなことを言い出した。

「どなたか『たね屋』の客筋に、琴や生け花の師匠を探していた旗本家の娘御なんぞはおらなんだか？」

「え……」

と、節の顔面が蒼白になったのと、横で嘉枝が目を剝いたのが、同時であった。

「お節？　じゃあ、まさかおまえが……？」

「ごめんなさい、おっ母さま！」

節は姑に向かって、手をついて頭を下げた。

「木崎《きざき》さまのところのお嬢さまが、私たちと一緒にお屋敷に通うようになれば、奈津江さまも、きっと一番初めの頃のように、普通に琴やお花のご指南をなさってくれるんじゃないかと思って……」

節と嘉枝が兼坂家に通うようになったのは、今から二年くらい前だという。

兼坂家では、先代の奈津江の両親がいる時分から、『たね屋』の菓子を好物にしていて、親戚や他家などへのちょっとした手土産《てみやげ》にもよく利用していたのだが、二年ほど前、いつも兼坂家を担当して出入りしている手代を通して、奈津江から嘉枝と節に宛てて文《ふみ》が届いたのである。

それが、「生け花や琴のお稽古という名目で、たまには女ばかりで集まって、ゆっくりと世間話でもいたしましょう」というお誘いであった。

商家の側からすれば、旗本家のお客さまからそうしたお誘いを受けるなど、有難いばかりである。

節の亭主である『たね屋』の主人も喜んで、「おっ母さんと二人でお邪魔して、奥方さまに気に入ってもらえるよう、せいぜい頑張っておくれ」と、今後の商売にも繋がるようにと期待もされていたのである。

そうして二人がお屋敷に顔を出してみたところ、他にも三人、商家の内儀が呼ばれていて、最初のうちは奈津江からの文にあった通りの、花や琴の稽古をしながらの愉しい談話であったのだ。

「ただ少し経ちました頃に、奈津江さまが『ちょっと珍しいものが手に入ったから……』と、うんすんカルタを見せてくださったのです。姑《はは》と私もそうでしたけれど、他の三人の皆さまも『うんすんカルタ』など生まれて初めて見たというお話で……」

とにかくあまりに綺麗なうえに、「ほんの試しに……」と奈津江に誘われて遊んでみると、簡単そうでいて先の読みがなかなかに難しく、愉しくて仕方がない。

最初のうちは点数を、飴玉や煎餅などでやり取りしていたのだが、うっかり何度も勝ってしまうと、うんざりするほど飴や煎餅を持ち帰らなくてはいけなくなった。

そうして皆が内心で困り始めてきたところ、それを待っていたかのように奈津江から「一点を一文ということにしましょうか?」と、提案があったという訳である。

その「一点、一文」が、「二文」「五文」と上がっていき、気がつけば、いつの間にやら「十文」に跳ね上がっていたのであった。

「けれど十文でやり始めましたら、皆ずいぶんと負けが溜まるようになってしまいまして……。うんすんカルタはどうしても、たった一人しか勝ちませんし……」

すぐに負けが払えない時には、誰にでも、いつも奈津江が代わりに出して、ツケにしておいてくれるのだが、どちらにしても返さない訳にはいかない。

するとなっ奈津江が、「もう少し勝てる回数が増やせるように、『大目小目《おおめこめ》』というのをやりましょうか？」と言い出して、遊びの道具は綺麗なうんすんカルタから、無粋なサイコロに替わってしまった。

「『おおめこめ』というのは、一体、何だ？」

これは西根も知らないらしい。

「ええと、あの……」

と、饅頭屋の嫁が説明に困り始めたのを見て取って、横手から本間柊次郎が助け舟を出した。

「サイコロの『四』『五』『六』を大目、『一』『二』『三』を小目といたしまして、振られた賽《さい》が大目と出るか、小目と出るかを、賭けるのでございまする」

「ほう。おぬし、やけに詳しいようではないか」

また西根の悪癖《くせ》が出て、嫌味《いやみ》にニヤリとしてきたが、もう今では「西根さま」のそんなところは気にならなくなっている。

本間は何ということもなく、西根に答えて、こう言った。

「私どもは案件の調査《しらべ》で、渡り中間にもまみれますゆえ、そうした簡易な手慰みであれば、幾つかは存じておりまして」

「…………」

と、西根はいかにも面白くないという顔で、腹を立てなくなった本間柊次郎をじろりと一瞥《いちべつ》したが、それでも本筋の話に戻って、訊いてきた。

「では、賽は一つということか？」

「はい。賽は一つで、大目か小目かに張るだけにてございますゆえ、博打《ばくち》に慣れない者にでも判りやすうはございますのですが、先ほどの『うんすんカルタ』とは異なりまして、こちらは『親』がございます。当たれば、親が倍にして金を戻してくれますが、外せば全部、親に取られてしまいますので」

言い終えて、つと本間は饅頭屋の節のほうへと視線をやると、「この説明でいいか？」という風に目で訊ねている。

節も気づいて、「はい、それで」というように、何度もうなずいて見せていた。

と、そんな二人の間を割るように、西根がやけに声を張って、饅頭屋の女たちに向かってこう言った。

「なれば、おぬしらは、その『大目小目』の賽にて、大きく借財を拵《こしら》えた訳か？」

「はい……」

と、節が返事をすると、横から嘉枝が急いで言い訳し始めた。

「百文や二百文賭けたところで、勝っても幾らも取り戻せないではございませんか。十両までなら奥方さまが貸してくださるとおっしゃったから、それなら勝てば、きれいに全部返しても少しは余りも出るからと、そう思いまして……」

「………」

と、西根は顔をしかめて、小さく鼻を鳴らした。

もうすでに目の色が妙な具合になっている姑の嘉枝を見放して、西根は嫁のほうへと向き直った。

「ご亭主はご存じか？」

「いえ……」

節はうつむいて、首を横に振ってきた。

「お屋敷での真実《ほんと》のことを知っておりますのは、姑《はは》と私のほかは、いつも私どもの供をいたしておりました手代の吉太郎《よしたろう》という者ばかりでございまして……」

「なるほどの」

今日、節が新宿に売られる手筈になっていたことも、『たね屋』の亭主は、まだ気づかずにいるだろうということだった。

こうして節から一部始終を聞き終えてみれば、兼坂家の「奈津江」というあの妻女は、ずいぶんと堂に入った「博徒」だったという訳である。

西根は幕府の目付として、饅頭屋『たね屋』の女二人に言い放った。

「兼坂の家には、これより我ら目付方が改めて調査《しらべ》に入る。その兼坂の屋敷にまだちょろちょろと出入りして、我らの邪魔になるようであれば、正式に町奉行所へと届《とどけ》を出して、そなたらも博徒として捕縛いたしてもらおうから、さよう心得よ」

「ひッ……」

と、かすかに声を上げてガタガタと震え出したのは、姑の嘉枝である。

だが実は、幕府は存外、町人や百姓の賭博には寛容であった。かなり常習で反省の色が見られなければ、「家財没収」や「百敲《ひゃくたた》き」、「江戸市中からの追放」といった罰を受けることにはなるのだが、こたびの饅頭屋の女二人のように、半ば奈津江に騙された形で、賭博も初犯ということになれば、町奉行所できつく「叱り」を受けるだけで、解き放ちになるに違いない。

だが、そうと知ってしまえば、嘉枝はますます賭博にのめり込むことであろうし、節のためにも、『たね屋』のためにも、嘉枝をこのまま大いに脅して、怖がらせておいたほうがいいものと思われた。

そうしてすべて話が済んで、西根や本間ら目付方一行が、江戸城に帰ろうとした時だった。その「御目付さま方」をお見送りするため、饅頭屋の女二人は、今出てきた料理屋の前に並んで頭を下げていたのだが、まずは騎馬の西根が出発し、続けて本間柊次郎が歩き出そうとしたとたん、急に節が駆け寄ってきて、本間の袖の端をつかんで引き止めたのである。

「あの、うちの手代のことで、お話が……」

「え？」

と、本間が驚いている間にも、節は袖の端を放さずに、皆から離れた場所へと引っ張っていく。そうして十分に離れたと見て取るや、本間の耳のほうへと背伸びをするようにして、内緒話の体《てい》でこう言った。

「きっと姑《はは》には叱られてしまうと思うのでございますが、うちの吉太郎は、兼坂さまのご家中が酒屋の奥でお開きの賭場で、ずいぶんと負けてしまったのでございます。私の一件《こと》がございましたせいか、昨夜からはもう、店にも帰ってはまいりません。負けが溜まっておりますし、自分も何かされるのではないかと、きっと怖くて、どこかに逃げてしまったのではございませんかと……」

「………！」

袖を引かれて、耳打ちされて、何事かと思ってみれば、とんでもなく有難い情報である。

「いや、すまぬ。恩に着るぞ」

「いえ。お役に立てれば、何よりでございますので……」

気の迷いかもしれないが、節はわずかに顔を赤らめているようにも見える。

その節に、

「かたじけない」

と、もう一度、礼を言うと、本間はかなり離れてしまった「西根さま」を追いかけて、走り出すのだった。

七

兼坂家の中間たちが開いているという賭場の調査は、とにかく是非にも急がねばならなかった。

まずは今日、『たね屋』の節を売り飛ばそうとして捕まった者が、すでに一名、こちらに確保されているのである。すなわちその中間は、今日からこのまま兼坂の屋敷《こちら》には帰らないという訳で、もし兼坂家の者たちが、戻ってこない一名の裏に目付方の存在を感じ取ってしまったら、賭場についても、奈津江がしている手慰みについても、隠してしまうかもしれなかった。

奈津江のもとに饅頭屋の二人が通わなくなることについては、嫁の節が売られたと思っているはずだから、奈津江も中間たちも不審は感じないであろう。

だが新宿で節を売ってきたはずの中間が戻らなければ、まずは「金を持って逃げたのではあるまいか？」と疑って、新宿の旅籠屋を誰かが訪ねていくであろうし、そうなれば節を助けて中間を捕まえた目付方《こちら》のことは、すぐにバレてしまうのだ。

幕府では「賭博」の罪で人を捕まえる場合には、必ずや現行犯の形で捕縛するようにと、規則を定めている。

それゆえ、たとえば節や手代の吉太郎が、目付方のために証言をしてくれたとしても、それだけでは兼坂家を裁くことはできないのだ。

「今宵のうちに、賭場を開いてくれましょうか？」

本間柊次郎を相手にそう言ったのは、小人目付の蒔田仙四郎である。

今、本間と蒔田は、兼坂の屋敷の門が見渡せるくだんの辻番所の奥に隠れているのだが、兼坂家の者たちとは面識のない配下を二人、辻番所の番人に仕立てて、兼坂家の人の出入りを見張らせているのだ。

麹町の料理屋の前で、節からあの話を聞いた後、本間は急ぎ馬上の「西根さま」を追いかけて報告したのだが、本間自身は江戸城には戻らずに、兼坂家を見張っていた蒔田ら配下たちと合流したのである。

それがおよそ七ツ半過ぎ。そのあとは、あっという間に日が落ちて、暮れ六ツ（午後六時頃）の鐘を皆で聴いたところであった。

「賭場のある『居酒屋』というのが、ここの中間どもがよう行く赤坂新町三丁目の裏手のアレなら、ここからは幾らもかかりませぬ。普段も奴らが連れ立って屋敷を出ますのは、五ツ（午後八時頃）過ぎが多うございますし、今日も同様に出かけてくれれば、あるいは賭場も……」

「ああ……」

と、本間も、蒔田にうなずいて見せた。

こたびの案件では、中間頭の佐平をはじめとした兼坂家の中間たちに加えて、奈津江の弟子の女たちについても調べなければならなかったため、一時的にではあるが、かなりな数の配下を使っている。

それゆえ命令系統を常にしっかり確保しておかなくてはならなかったため、基本、日中は本間柊次郎が、日暮れ以降は蒔田仙四郎がと、時間を分けて交替していたのである。

そんな訳で、夜間の兼坂家については、蒔田のほうが詳しい。兼坂家の中間たちが夜間に出かける先についても、何軒か行きつけの店があるのを承知していて、そのなかで一軒、蒔田が「あの店ではないか」と目をつけているのが、新町三丁目の裏手にある古びた居酒屋なのだ。

「……やっ、本間さま、蒔田さま、奴らが出てまいりましたぞ」

辻番所の番人に化けていた配下の一人が声をかけてきて、本間も蒔田も、色めき立った。

まずは少ない人数で尾行をせねば、いくら夜陰に紛れるとはいっても、向こうに気づかれてしまいかねないから、ここは本間と蒔田のほかは一人だけ、蒔田のもとで修業中の新参小人目付の野上功三郎を連れて、奴らのあとを追うつもりである。

その本間ら三人が準備万端整えて、いつでも追って出られるよう兼坂家の門前を注視していると、佐平らしき者を含めた中間が三人ほど外に現れた。

「兼坂《かねさか》家の中間は、佐平や今捕らえてある一人も含め、全員《みな》で五人でございますから、今日も一人は留守番なのでございましょう。では、こちらも……」

と、向こうの動く人数を読みきって、蒔田が本間に出発を促した時だった。

「おっ！　あれは、妻女の奈津江ではないか？」

本間が指さしているのは、中間たちと比べてはるかに小柄な影である。遠目なうえに夜闇のなかだから、むろんはっきり「誰」と判る訳ではないのだが、ひときわ痩せて小さい影が、ほかの中間たちらしい大型の影と連れ立って、一緒に歩き出している。

頭にあたる部分の影が妙な形となっているから、おそらくは女人がよく被る御高祖《おこそ》頭巾《ずきん》を被っているのではないかと思われた。

「どういうことでございましょう？　ああして妻女が夜分に屋敷から出てくることなど、これまではなかったのでございますが」

「そうか……。では今日は、酒場には行かんのやもしれぬな」

「はい。どこぞ、親戚か知己の屋敷にでも参りますものか……」

少しく気落ちしながらも、本間たちは兼坂家の一同を追って、辻番所を出立した。

あまり旗本家らしからぬ風情の兼坂家主従の一行は、人気《ひとけ》のない赤坂中ノ町の通りを進んでいく。そうして、しばし進んだその先の突き当たりを左へ曲がると、にぎやかな赤坂新町四丁目の大通りに出た。

この大通りを道なりに北へと進んでいけば、くだんの新町三丁目にある居酒屋へも行き着けるのだ。

「本間さま、あの角にございます。あの角を左手に曲がりますようなら、たぶん、いつもの居酒屋で……」

「いや、したが、なれば旗本の奥方連れで酒場に入るということか……」

はたして蒔田の予想は当たり、兼坂家の佐平たちは、地味な薄茶の着物に濃紫の御高祖頭巾を被った奈津江を連れて、いつもの居酒屋に入っていった。

「よし！　なれば功三郎、ここは私と仙四郎とで見張るゆえ、急ぎ皆を呼んでくれ」

「ははっ」

野上功三郎が向かった先は、ここからは程近い赤坂御門内にある大きな番所である。そこに今、本間が手配しておいた捕縛の腕の立つ目付方の配下たちが二十名あまり待機していて、いざ賭場に踏み込む段には、皆でいっせいに取りこぼしのないよう、中間たち全員を捕縛するつもりなのだ。

「居酒屋の裏手には塀があり、その向こうは背中合わせで別の店《たな》の敷地となっておりますゆえ、万が一にも裏から逃げられる心配はございません。逃げ道になるとすれば、居酒屋の両隣の仕舞屋《しもたや》と下駄屋《げたや》の庭くらいで……」

「うむ。なれば、いざ踏み込む際には、その両隣との境に、念のため三名ずつ配置をするか？」

「はい。なにぶん狭うございますゆえ、逃げるにしても、大勢が一度には通りに出ては来られませぬ。三名いれば、それで十分かと……」

そうして本間ら目付方が捕縛の態勢を整えてから、待つこと半刻あまり。

兼坂家の連中のほかにも三々五々、いかにも大店の主人といった商人姿の男たちや、堅気の仕事《つとめ》もありそうな職人体《てい》の者たち、お店勤めの手代かと見える者や、ガラの悪い渡り中間たちなども、みな居酒屋のなかへと吸い込まれていき、おそらくはこの奥にあるのだろう賭場に、客がたんまり集まったに違いなかった。

「どうだ、仙四郎。そろそろ踏み込むか？」

「はい。あれだけの人数が入っていったわりには、店のなかから騒がしく話をするような声も聞こえませぬ。やはりこの店の奥には部屋があり、そこで賭場《ば》を開いているものかと……」

「うむ。では行くか」

「はい」

裏路地の闇のなか、蒔田と野上が手分けをして、伝令に走り始めた。

二十名あまりの配下たちは目立たぬよう幾人かずつに分かれて、わざとにぎやかな大通りのほうで、酔客を装って立ち話などに興じている。

その全員が音もなく居酒屋の前に集まると、本間の合図で、いっせいに配置に就いた。

両隣からの脱走を阻止する三名ずつが居酒屋の脇を固めたのを見て取ると、本間は蒔田ら残りのすべてを連れて、どっと居酒屋に流れ込んだ。

見れば、居酒屋の店のなかは空っぽで、見たことのある兼坂家の中間が一人、見張りに残っていただけである。その中間に大声を上げさせぬため、蒔田が急いで取りついて、鳩尾《みぞおち》を打って気絶させた。

「あの引き戸の奥のようでございます」

内部《なか》に聞こえぬよう声を落として、野上功三郎が言ってきた。

「よし。皆いいか。頼むぞ」

一同を見まわして本間が小さく声をかけると、皆いっせいにうなずいた。

それが踏み込みの最終の合図である。

野上が横からガッと目一杯に引き開けた戸口から、腰の刀に手をかけた本間を先頭に、いっせいに雪崩れ込んだ。

「うわぁッ！」

役人の手入れと気づいた客たちが、盆莫蓙《ぼんござ》の前から立ち上がり、逃げ場を探して慌てふためいている。

見れば賭場は、部屋は手狭ながらも、なかなかに立派な仕立てのもので、賽を振ったり、客が賭け金を置いたりする「盆莫蓙」と呼ばれる莫蓙の台も、分厚くてしっかりとした良質の莫蓙を、広く並べて使っている。

そのせっかくの盆莫蓙を踏みつけにして、客たちは右往左往していたが、一人だけ盆莫蓙の前に残って、静かに座している者がいた。

御高祖頭巾を被った奈津江である。

蒔田や野上ら配下たちが、次々と賭場の客たちを捕縛していくなか、本間は奈津江の背後に立った。

「先立って貴家にうかがった目付方の一人で、徒目付の本間柊次郎と申す者にござる。奈津江どの、ご同道を……」

「………」

奈津江はいっさい返事をせず、本間のほうを見ようともしなかったが、それでもおとなしく立ち上がった。

「やっ、奥方さまッ！」

ひときわ通る声がして、見ると佐平が奈津江を守ろうとして、

「野郎ッ！」

と、匕首を手に突っ込んでくるところであった。

その匕首を持った手を本間が峰打ちにしたのと、

「おやめなさい！」

と、奈津江が佐平をたしなめたのとが前後して、結果、佐平は打たれた右手を押さえてしゃがみ込んだ。

その佐平に、野上が急ぎ取りついて、縄をかけていく。

路地裏の居酒屋の奥部屋にあった賭場は、こうしてきれいさっぱり潰されたのだった。

八

翌日のことである。

目付の西根五十五郎は、他家へ「預け」の身となった奈津江を訪ねて、兼坂家の遠縁にあたる旗本家に立ち寄っていた。

供として同行しているのは、本間柊次郎である。

玄関で「目付方一行」を迎えたこの屋敷の家人の話によれば、奈津江は寡黙ながらも悪びれもせずで、淡々と静かに過ごしているらしい。食事の膳も、残さず、きれいに空になっているということだった。

はたして、奈津江が軟禁されているという奥の小さな座敷に案内されて入っていくと、奈津江は何ということもない顔つきで、西根ら二人に会釈してきた。

やはりこうして改めて明るい場所で眺めてみると、奈津江は小柄で細ぎすで、少年の役者のようである。捕らえられた時に着ていたごく地味な薄茶の着物のままだから、普通であれば老けた印象にもなりかねないし、事実、寡黙で落ち着いているのだが、どうにも顔とはそぐわない。

この何ともいえないちぐはぐな感じは、一体どこから出ているのだろうかと、本間はこの部屋に入った直後からずっと考え続けているのだが、どうしても判らなかった。

だがそんなことを考えていたのは、本間だけだったのであろう。こちらからは背中しか見えない「西根さま」が、さっそく訊問を始めて、こう言った。

「なれば、ご妻女、話をうかがおう。貴殿、ここな徒目付の本間に捕らえられた際、賭場で博徒よろしく賭け事をなさっていたというのは、真実《ほんとう》かの？」

「さあ、どうでございましょう？　たしかにあそこに座ってはおりましたけれど、賭け事をいたしておりましたかどうか、あまり記憶がはっきりとはいたしませんので」

「ほう、さようでござるか。それはまた……」

と、言いかけて、西根が「クッ」と、明らかに笑いをこらえた。

「…………？」

奈津江が不思議そうな顔をして、幼子のように首を傾げて、じっと、西根を穴が開くほどに見つめ続けている。

その奈津江に、

「それは上々……」

と、にっこりと笑みで応えてやると、西根も飄々として、先を続けた。

「そも賭博で罪に問われるべきなのが、盆茣蓙に賭け金《がね》を置いた後であるのか、はたまた賭場に足を運んで盆茣蓙の前に席を取った時なのか、『賭博の罪は、ここから……』と、はっきりと規定のごときはござらんゆえな」

「ええ。本当に……」

奈津江も大きくうなずいている。

この薄気味の悪い「目付と罪人」のやり取りに、ひとり面喰らっているのは、西根の後ろに控えている本間であった。

今の「西根さま」の物言いが、いわば訊問の技の一つで、奈津江をわざと揺さぶって平静心を失わせ、かえってポロリと罪を認めるような一言を誘うためのものであるのは、さすがに本間も心得ている。

だがどうにも気持ちが悪いのは、あの奈津江の箸にも棒にも引っ掛からないような、のらりくらりとした態度で、それでも何故か、ただ「図々しい」というのとも違うし、「白々しい」というのとも違って、何というか、つまりは作為的ではないのである。

奈津江の「あれ」に作為がないという事実に気がついて、本間は、はたと、急に奈津江という人物の全体が判った。

そういえば、つい昨日、同じ人間《もの》を見たのである。麹町の料理屋で話をした、饅頭屋の姑であった。

むろんあの姑と、いま目の前にいる奈津江とを比べれば、一見、似た風には思えない。

だがきっと、それはたとえば「頭の切れの良さ」であったり、「言葉選びの上手さ」といったものに大きく差異があるからで、あの嘉枝も、この奈津江も、日常が賭け事に毒されて、常にふわふわ、博打以外の物事が基本どうでもよくなってしまっているのは同じであるのだ。

　この賭け事というものの中毒性を恐れているからこそ、たぶん幕府も賭博を「悪」として禁じているのだろうと、本間が改めてしみじみと考えていると、前で「西根さま」がまたも奈津江に話しかけた。

「ところで、ご妻女。貴殿、目付方《こちら》があれこれと調べていたのは、とうに気づいておったであろうに、なぜ昨夜、賭場に出た？　これまで通り、屋敷のなかでじっとして、おとなしく『うんすんカルタ』でもいたしておれば、中間どもが捕まるだけで相済んだであろうに」

「…………」

　クスッと小さく、奈津江が笑った。

「あれは厭《あ》きます」

「ほう。厭きるか？」

「はい。とても……」

　そう言って、奈津江はまだ笑っている。

「さようであったか」

　と、西根も付き合って笑顔を見せてやっていたが、つといきなり真顔に戻って、奈津江のほうに一膝寄って、言い出した。

「おう、そうか。判ったぞ。そなた、あれこれ厭きが来て、面白うなくなってきたゆえ、昨夜、賭場に出たのだな？」

「え？」

奈津江は本当に、今の西根の言葉の意味が判らなかったらしい。またじっと、西根の顔を眺めている。

「いや、そうでござろうよ」

と、勝手に決めつけると、西根は先を続けて言った。

「昨夜、目付方《こちら》が賭場に踏み込んでくるか、こないか、そなたは賭けに出たのであろう？　饅頭屋の姑嫁《おやこ》に付けて新宿の旅籠に行かせた中間が、屋敷に戻ってこないのだ。それが金子に目が眩《くら》んで逃げただけのものなのか、はたまた目付方《めつけ》に捕まって調査《しらべ》が進んでいるものか、思うてみれば、ちと面白い二択の賭けであったしな」

「ふふ」

とうとう奈津江が、声に出して笑い出した。

そうして、いざ笑い出してみると、可笑しくて、可笑しくて、たまらなくなってきたらしい。心底、愉しそうに、こう言ってきた。

「ほんとにそうかもしれません。負けましたけど」

「いや、まことにな」

「ふふふ」

本間の位置からは「西根さま」の顔は見えないから、どの程度本気で笑っているのかは判らない。だが西根も奈津江に付き合ってか、たしかに笑っている声はして、そんな「西根さま」の底知れない凄味《すごみ》に、改めて本間は圧倒されるのだった。

九

生け花の弟子たちを相手の『うんすんカルタ』や『大目小目』の儲けを元手に、赤坂新町三丁目の路地裏にあった潰れた居酒屋の安物件を借りて、見せかけの居酒屋とともに奥に賭場を作ったのは、奈津江であった。

むろん実質的にあれこれと動いて、賭場を軌道に乗せたのは、佐平をはじめとする中間たちである。

そも賭場の宣伝など大々的にはできないから、佐平ら中間たちが奈津江からもらった小遣いを元手に他所《よそ》の賭場を渡り歩いて、そこで出会った男たちに声をかけてまわったのである。

そうして賭場が何とか軌道に乗ると、奈津江はたびたびその「兼坂家の賭場」に、客として遊びに行くようになった。

もとより奈津江がなぜ金を出してまで賭場を拵えたのかといえば、それは自分がその賭場に行って、楽しむためである。

自分の賭場なら、どんなに負けても、どんなに勝っても、結局、腹は痛まない。おまけに常に佐平たちがいるから、無粋な男客たちに絡まれる心配もなく、本当に、ただただ純粋に賭け事が楽しめて、理想的な暮らしとなったのだ。

こんな風に奈津江がここまで博打好きになったのは、「暇《ひま》」だからであった。

八つの時に婿に来た夫は、就いた御役に出張が多く、いったん江戸を出ていったら最後、長期間戻ってこない。

大番方の番士をしていた頃などは、『大坂城』や『二条城《にじようじよう》』の警固の当番に就く年には、一年もの間、行きっきりになってしまい、子供のいない奈津江にとっては、本当に「暇」で「暇」で、つまらなくてたまらなかった。

そんなある日の晩のこと、奈津江は佐平に用事があって、敷地内にある中間たち用の部屋を訪ねて、佐平たちが自分らだけで手慰みに『大目小目』をやっていたのを、見てしまったのである。

　佐平たちは大慌てで、すぐにやめて、奥方の奈津江に謝ってきたのだが、奈津江にすれば、見るからに面白そうなサイコロ遊びをそのまま見逃すはずはない。佐平にねだって、自分も仲間に入れてもらい、その晩はあまりに楽しくて、とうとう朝まで皆で続けたくらいであった。

　これが十七の時である。

　以来、夫が留守でつまらない時には、佐平らに自分のほうから声をかけて、いろいろなサイコロ遊びや、うんすんカルタなどをしていたのだが、存外に佐平が頑固で、「賭け金は十文まで」と勝手に決めて、それ以上は絶対に許してくれないため、次第につまらなくなってきた。

　そんな時に、ちょうど季節の挨拶で兼坂の屋敷を訪れた小間物屋の内儀が、奈津江の居間にあった『うんすんカルタ』をたまたま見かけて、綺麗だとあまりに感激していたものだから、二人でちょっとやってみたというのである。

　あとはもう、とにかく遊び相手を作りたくて、琴や生け花の指南を餌に出入りの商家の内儀たちを集めて、「南蛮渡来」のうんすんカルタを皮切りに、サイコロ賭博の大目小目までやるようになっていったという訳だった。

この一連の話を、あの後、奈津江は西根五十五郎を相手に、まるで趣味の話でもするかのように、無邪気に話して聞かせたのであった。

れっきとした旗本家の妻女が、半ば騙すような形で商家の内儀たちから賭博で金を巻き上げて、あろうことか自家の中間たちを使って、町場に賭場まで作っていたことが判明し、いよいよ兼坂家の進退についてを検討する段となった。

それにはまず、兼坂家の当主を訊問しなければならない。

信濃の広い御林を調査して、まだ現地に逗留しているらしい林奉行の兼坂彦十郎に、早駆けの飛脚で呼び出しの書状を送ると、驚いたことに、兼坂は供も連れずに単身で、中四日《なかよつか》で江戸まで帰ってきたのである。聞けば、書状を読み終えた直後に馬の手配をして、街道筋の宿場、宿場で馬を交換しながら、自身はほとんど休まずに江戸まで戻ってきたそうだった。

西根が訊問の場所として指定したのは、兼坂家の屋敷である。

兼坂家の一同が賭場で捕らえられた後、奈津江は遠縁に「預け」となり、佐平たちは小伝馬町《こでんまちょう》の牢屋敷に入れられて、屋敷は無人となっていたため、防犯上、目付方で預かって見張りもつけてあったのだ。

その兼坂の屋敷内の客間で、西根を上座に、自分は下座にと控えると、兼坂彦十郎は開口一番に、家の監督不行き届きを詫びて、畳に額をつけてきた。

「その先の話をいたそう。顔を上げられよ」

「ははっ」

身体を起こしてきた兼坂彦十郎を改めてよくよくと眺めてみれば、いかにも外廻りの多い役職らしく、日に焼けた黒い肌に、目や歯の白さが際立っている。

取り立てて顔立ちがいいというほどではなかったが、他者《ひと》と真っ直ぐに目を合わせて話をする、精悍で爽やかな男であった。

「ご妻女とご家中の仕儀《しぎ》に関しては、書状に相記《あいしる》した通りでござるが、ご当主の貴殿から、何ぞか御上《おかみ》に言上いたしたき旨《むね》などはござらんか」

「いえ……。まこと、こたびは当主である私の不徳のいたすところで、皆さまに多大なるご迷惑をおかけいたしましたゆえ、とにかくそうした皆さまに返せるものは精一杯にお返しをいたしたく……」

と、彦十郎は改めて頭を下げている。

まずは奈津江が弟子として集めた商家の内儀たちに諮《はか》って、相応に、至急、金子を返さねば、と考えているそうだった。

「さようでござるか……」

これまでのところ、この兼坂彦十郎という男は、しごく真っ当である。

だがこのあまりの真っ当さが、やはり西根には、少しく鼻についてきたようだった。

「して、どうでござる？」

と、西根はとうとう自我を出して、彦十郎のほうに、わざと身を乗り出した。

「この際は、いっさい何の忌憚もなきところを是非にもうかがわねばならんのだが、
貴殿、ご妻女の悪癖については、正直、如何《いか》ように思われておるのだ？」

「いや、それは……」

ここにきて、兼坂彦十郎は、初めて西根の視線から目を逃がした。

「ん？　どうなされた？　やはり貴殿は婿入りの身で、兼坂のお血筋としてはご妻女
が正統ゆえ、当主としてご妻女を糺《ただ》すことなど難しゅうござったか？」

「…………」

彦十郎はうつむいて、何も言わない。

やはり今の西根の言葉が、鋭く刺さっているのだろう。

こうした時、大抵、西根は絶妙に相手を煽るような言葉を選んで、問い質《ただ》していく。

まるで獲物の逃げ場を一つずつ潰しながら、どんどん追い詰めていくかのような

「西根さま」の訊問を、以前の本間は「なんとまた、意地の悪い……」と敬遠していただけであったが、今では横に控えてこうして聞いていても、訊問の展開に期待している自分がいるのを感じていた。

実は今、兼坂彦十郎への訊問は、佳境を迎えているのである。

それというのも、幕府は賭博の罪に関して、こと幕臣に対しては厳しい態度を貫いており、町人や百姓ならば「百敲き」や「江戸追放」で済むところを、幕臣の場合は「御家取り潰し」のうえ「死罪」か「遠島《えんとう》」と、重罰を科せられるのだ。

したがって彦十郎が、本当は以前から奈津江の悪癖に気がついていて、それでも家付き娘への遠慮で注意ができず、そのまま放置していたのだとしたら、彦十郎も間接的にではあるが、奈津江が賭場を開くことに関与していたと見られて、重罪となるのは必須であった。

だが一方、もし彦十郎が本当にこれまで何も気づいていなかったとしたら、処罰の沙汰は、変わってくるものと思われた。

彦十郎の場合、以前就いていた大番方に、大坂城や二条城警固の「上方在番《かみがたざいばん》」があり、二年前から転任した林奉行の職にも「御林の巡視」という長期出張の仕事があるため、江戸の自家内の問題行動に気づけなくても仕方なかろうという、老中ら上つ方の判断が下りても不思議はない。

つまり西根が今言った「婿の身ゆえ、ご妻女を糺すことなど難しゅうござったか？」という問いに、「はい」と答えてしまったら、「知っていたのに止めなかった」ということになり、彦十郎にも重罰が科されることがほぼ決まるという訳だった。

「どうなされたのだ？　そうしてなかなかにお答えがいただけぬということは、やはり家付き娘のご妻女に遠慮があった、ということでござるか？」

「いえ。もとより遠慮などはございません。『婿にきた』と申しましても、妻などはまだ八つでございましたし、長くは兄と妹のように過ごしておりましたゆえ、今さら妻に遠慮などというものは、微塵も……」

「さようでござるか」

と、やけにあっさり引き下がったと思ったら、西根はすぐに次の矢を構えて、言い放った。

「なれば、どうやらご妻女は、ずいぶんと上手《うわて》うやられておられたのでござるな」

「…………！」

西根の嫌味な言い方に、明らかに、彦十郎の顔がぴりっと険しくなった。

そんな彦十郎の変化を見て取っているのだろう。西根はさらに煽り始めた。

「そういえば、先般ご妻女から仔細を伺《うかご》うた際にも、夫の貴殿がおられる時期《とき》は、賭場は開かぬようにしていたし、屋敷にも商家の弟子たちを集めぬようにしていたと、そう言っておられたゆえな。おそらくは貴殿に悟られぬよう、ご妻女も、佐平とやらも、常に万全の構えでおられたのであろうよ」

「…………」

どうやら表情《かお》に出る性質《たち》なのであろう。彦十郎は目を伏せて、小さく唇を噛んでいる。そうして目の白も、歯の白も隠れてしまうと、いよいよもって彦十郎の肌の黒さがじっくりと眺められたが、お役目ながら外廻りで、いいように日に晒されて、容赦なく焼かれた肌は、やはり痛々しくはあった。

と、本間が「西根さま」の背中越しに、そんな風に彦十郎の顔を眺めていられるほどに、会話に長く間が空いた後のことである。

急に彦十郎が真っ直ぐに目を上げてきて、西根に向けて、はっきりとこう訊いた。

「妻や佐平ら中間たちは、どういったお沙汰を受けることになりましょうか？」

「『それは判らぬ。今ここで言うことはできぬ』と、そう言いたいところではござるが、幕臣が賭博で自家《いえ》を滅ぼしておるところなぞ、貴殿とて、これまで幾らも目にされておられようからな」

そこまで言うと、西根は顔や声から、いっさい嫌味も皮肉も消して、目付らしく凛としてこう言った。

「幕臣が賭博をいたせば、それは直《ただ》ちに死罪となろう。むろん家禄も没収となり、兼坂のお家は断絶だ。佐平ら五人は中間で『町方』の扱いゆえ、目付方《こちら》は詳しゅうは判らんのだが、賭場を開いておったとなれば、百敲きだけでは済むまい。おそらくは追放と相成ろうな」

「……さようでございますか」

と、彦十郎は一瞬だけ目を伏せたが、すぐにまた西根に目を合わせてきた。

「『幕臣』と申しましても、奈津江は当主ではなく妻の身で、『女人《おんな》』にござりまする。それでもやはり賭博をすれば、死罪となるのでございましょうか？」

「うむ。なるであろう。ご妻女は、ただ自身が賭博をしたというだけではなく、町場にても、お屋敷の内《うち》にても、自らが賭場を開いておったゆえな。兼坂家の血筋の件《こと》も加味されようし、まずは間違いなく、命は助からんであろう」

「………………」

すでに彦十郎は両目をつぶって、正座の膝の上で、拳を固く握っている。

そのままの姿で、一体どれほどの時間《とき》が経ったであろうか。その間というもの、西根はぴくりとも動かずに、ただ待っていたのだが、そんな「目付」に向けて、彦十郎は顔を上げて、こう言った。

「私は、奈津江《つま》に遠慮がありました。賭博の悪癖《へき》がありますことにも、とうに気づいてはございましたが、婿の身で、よう言えずにおりました。兼坂《かねさか》家の当主として、まことにもって、お恥ずかしきことにてございました」

「さようか」

「はい」

「なれば貴殿も当主として、ご妻女と同様になろうが、致し方ないということか？」

「はい」

と、彦十郎は、額を畳につけるようにして平伏した。

「相判った」

短くそう答えた西根が、すっくと立ち上がった時である。

閉めた襖の向こう側から、突然、慟哭が聞こえてきた。女人のもののようである。

その激しい慟哭に構わず、西根五十五郎は席を立って、廊下に出た。

開けた襖の先には、あらかじめ西根の配慮で遠縁の屋敷から兼坂家へと連れてこられていた奈津江が、廊下の板敷に伏している。

涙が止まらないのであろう。身を捩《よじ》って幼子のように泣き続ける妻を、彦十郎は頬に涙を光らせながら、優しく見守るのだった。

十

兼坂家の一同に対する沙汰については、すでに御用部屋から内々に目付方へと下知《げち》があり、処遇は決定していた。

当主の兼坂彦十郎は「不当にも、妻の悪行《あくぎょう》に目をつぶっていた」として、御役御免、家禄没収のうえ、切腹。

妻女・奈津江は「御上より禄をいただく身でありながら、御法度《ごはっと》の賭博に手を染め、あろうことか自ら賭場を営んで悪銭を稼いだ」として、自害も許されず、死罪打ち首。

中間頭の佐平をはじめとした五名の中間については、百敲きに加えて入墨《いれずみ》のうえ、江戸十里四方追放《えどじゅうりしほうついほう》で、江戸の中心である日本橋から五里（約二十キロメートル）四方の内には、生涯、足を踏み入れることは許されず、たとえば妻子や親兄弟などがその内部《なか》に居住していたとしても、会いに行くことはできなくなった。

饅頭屋の嘉枝や節など、奈津江の下で手慰みに興じたことのある商家の女たちは、改めて町奉行所に出頭のうえで、「屹度叱り」を受けることと相成った。「叱り」で済んだその理由《わけ》は、彦十郎が妻の奈津江と連名で、幕府に対し、「嘆願」を上申したためである。

その上申書には、「商家の妻女たちは、まず初頭は生け花や琴の指南を受けに来ただけのことであり、その後、次第にカルタ等の手慰みにも興じたが、それは師匠の奈津江に半ば騙される形で勧められたからであり……」と、女たちを庇わんとする文言が長々と重ねられており、幕府としてもその商家の妻女らを「博徒」と見るには値しないと、裁断をしたからであった。

だがこうしてすべての沙汰が定まって、それぞれに処罰の執行が成されるまでには、およそ一ケ月《ひとつき》もの日数がかかったのである。

その期間《あいだ》というもの、兼坂彦十郎と奈津江の夫婦は、目付方の監視のもとに、赤坂中ノ町にある兼坂家の屋敷内で監禁されていた。

監禁とはいっても、夫婦は居間で食事を取ったり、雑談《はなし》をしたり、寝間《ねま》に移って休んだりと、これまでと変わらぬ暮らしを続けることができたのである。

その格別な計らいを西根五十五郎から頼まれて、御用部屋の上つ方に掛け合ったのは、目付筆頭の妹尾十左衛門であった。

「昨日夕刻、兼坂家の屋敷内にて、当主・彦十郎と妻女・奈津江の処罰も相済みましてござりまする」

目付方の下部屋で、「ご筆頭」に報告をしているのは、西根五十五郎である。

ついさっき十左衛門は、西根と本間に呼び出されて、目付部屋からこの下部屋に移ってきたばかりであった。

「して、どうであった？　その奈津江という妻女は、結句、賭博狂いから目が覚めていたようか？」

十左衛門に訊かれて、西根はふっと笑って言った。

「もとより亭主が近くにおれば、手慰みなど要らぬようにてございましたゆえ」

「そうか……。なれば、もし子がおれば、夫婦仲睦まじゅう、末永く暮らしていけたのやもしれぬな」

「…………」

西根も、横に控えている本間柊次郎も、返事の言が出ず終いになってしまったが、おそらくは今「ご筆頭」が口にした通りであろうと思われた。

もし夫の彦十郎が大番方に入らずに、上方への在番も行かずに済んでいたらとか、林奉行に就くことなく、何ぞか別の江戸城《しろ》の勤務に任じられていたらとか、考え始めればキリがない。

だが生涯の最期に、たった一ヶ月《ひとつき》ではあるが、「日がな一日、近くで一緒《とも》に過ごせるように……」と、御上がお許しをくださったことが、この一件を担当した西根や本間ら配下たちの、唯一の心の救いとなっていた。

「あのご妻女、私にはついぞ判りませんでしたが、存外に夫どのには初々《ういうい》しいのやもしれませぬな……」

思わず、つぶやくように口にしてしまったのは、本間柊次郎である。

するとさっそく、西根がいつもの自分を取り戻して、

「まこと、その通りよ」

と、口の片端を皮肉に上げた。

「妻《めと》を娶らぬおぬしには判らんであろうが、そも夫婦《めおと》のことは、夫婦にしか判らぬ。饅頭屋のあの嫁も、ちとおぬしに岡惚《おかぼ》れをしておったようだが、ゆめ本気にいたすではないぞ」

「…………！」

と、目を見開いた本間柊次郎に、十左衛門が向き直った。

「おい、柊次郎。それは、何だ？」

そう言って本間を覗《こ》き込《ち》んで《ら》くる「ご筆頭」の目は、存外、本気で案じているようにも見える。

「いや……」

と、本間柊次郎は、慌てて首を横に振った。

「西根さまは、いつもの伝《でん》で、からこうて、愉しんでおられるだけです。別にいっこう、何のことでもございませんので」

「そうか……？」

「はい」

本間が十左衛門に返事をしている間にも、西根は一人にやにやとして、事実、愉しんでいるようである。

やはり案件《しごと》で配下《した》に就くなら「ご筆頭」で、「西根さま」には就きたくないと、本間は顔をしかめるのだった。

第三話　末期養子《まつごようし》

一

もう五月雨《つゆ》も明けようという時期だというのに、しとしとと、やけに冷たい雨が朝から降り続いている。

そんな昼下がりのこと、目付部屋で書き物をしていた十左衛門のもとに、番方の一つである『徒組《かちぐみ》』の組頭だという者から、「御目付方ご筆頭の妹尾さまに、是非にも至急、ご相談をいたしたき儀《ぎ》がございまして……」と、なぜか名指しで呼び出しがかかってきた。

その呼び出しを伝えて目付部屋に顔を出してきたのは、十左衛門の義弟で四名いる『徒目付組頭』の一人、橘《たちばな》斗三郎《とさぶろう》である。

だが通常、こうした急な訴えや、何ぞ異常事が起こった際には、その日の「当番」を務める目付二名のどちらかが対処する決まりとなっている。

今日の当番目付は、蜂谷新次郎《はちやしんじろう》と牧原佐久三郎《まきはらさくさぶろう》の二人で、その二人に対して、「ご筆頭の妹尾さま以外の御目付さまでは、ちと頼りないから……」と言わんばかりのその呼び出しに、蜂谷はムッと、不快を顔に表した。

「お忙しいご筆頭を、勝手に名指ししてまいるというのも、いささか無礼というものにてござろうて……。なあ、牧原どの。そうは思われぬか？」

「ああ、いえ、まあ……」

当の「ご筆頭」を前にしてのことでもあり、牧原は答えに困っているようである。見れば十左衛門も苦笑いになっていて、そんな義兄や「牧原さま」に助け舟を出すべく、使いに来た橘斗三郎が、話を逸《そ》らせてこう言った。

「まだ詳《くわ》しゅう聞いた訳ではないのでございますが、なんでも『十二組の徒頭《かちがしら》』をなされておられる『石山克兵衛《いしやまかつべえ》』というお方が、少し前、徒頭の詰所《つめしょ》にてお倒れになられたそうでございまして」

「なにッ？　石山さまが？」

石山なる人物と面識があるのであろう。誰より先に身を乗り出してきたのは、蜂谷新次郎であった。

「して、ご容態は？　何でお倒れになられたのだ？」

「胸を押さえて急にお倒れになったそうにてございまして、今は『医師溜《いしだまり》』に運ばれて、手当てを受けておられるということで……」

医師溜というのは、本丸御殿に勤めている『表番医師《おもてばんいし》』と呼ばれる医者たちが、怪我人や急病人の治療に備えて、昼夜交替制で常駐している大座敷のことである。

基本は往診で、「患者が出た」との報せが来れば駆けつけていくのだが、その場所では十分に治療ができないと見て取った場合には、患者を戸板に乗せて医師溜まで運び込み、医者を幾人もかけて本格的な治療に入る。

石山克兵衛という人物も、そう医者から判断されて運ばれたのであろうから、容態は決して良くはないはずだった。

「蜂谷どの」

蜂谷のほうに向き直ると、十左衛門はこう言った。

「その御仁に面識がおありであれば、医師溜がほうへ様子を見に行ってはもらえまいか。ご容態がいかがな風かによって、このまま医師溜で預かるということもござろうし、ご自宅の屋敷へすでに報告《しらせ》が入っているか否かも含め、よろしゅう頼む」

「はい。なれば、さっそく……」

蜂谷の背中を見送ると、目付部屋の当番を牧原に任せて、十左衛門も斗三郎の案内で、自分を名指しで呼び出してきた徒目付組頭のもとへと向かうのだった。

二

上様の身辺警護を本務とする『徒組』は歩兵の隊で、役高千石の『徒頭』を長官に、補佐として役高百五十俵の『徒組頭』が二名、その下に役高七十俵五人扶持の『徒《かち》』と呼ばれる平の番士が二十八名ついており、全体三十一名で一個隊を組んでいる。

その徒組の隊が、昔には「一組《いちくみ》」から「二十組」まで設けられていたのだが、八代将軍・吉宗《よしむね》公亡き後、現在《いま》は五組ほどが減らされて、「一組」から「十五組」までとなっていた。

こたび倒れたという五十一歳の石山克兵衛は、そのなかの「十二組」の徒頭だそうである。その石山率《ひき》いる十二組が、今日は本丸御殿の玄関正面にある『遠侍之間《とおざむらいのま》』に詰めて、「本番」と呼ばれる本丸御殿玄関の警固を務めていたという。

玄関の真正面にある『遠侍之間』は、部屋全体の襖絵が「獅子に牡丹」の図柄になっている九十畳もの大座敷で、大きな床の間が設《しつら》えられており、その奥に『闇之間《やみのま》』と呼ばれる座敷が続けて作られている。

大昔はここに警固の手勢《てぜい》でも隠していたかして、そのために「闇之間」なんぞという大袈裟《おおげさ》な名がついているのかもしれなかったが、今ではただの納戸部屋で、上様がお乗りになられる駕籠や、槍や長刀《なぎなた》、挟箱《はさみばこ》、日傘、雨傘、床几《しょうぎ》などといった、「上様が御成《おな》り」の際に使う道具一式が収納されていた。

その納戸の闇之間のさらに奥に、その日「本番」を務める組の徒頭と徒組頭一名とが、有事に備えて詰めている小座敷がある。

今日は十二組が本番を務めているため、石山は組頭とともにその小座敷に詰めていたそうなのだが、一緒に昼の弁当を喰い終えて、しばらく経った九ツ半（午後一時頃）過ぎ、いきなり「苦しい」と胸を押さえて、前に倒れ込んだそうだった。

その一部始終を話してきたのは、石山とともにいた組頭で、「菅沼尽太夫《すがぬまじんだゆう》」という四十半ばほどの男であったが、その菅沼は、「是非にもご筆頭の妹尾さまに……」と十左衛門を名指ししてきたばかりではなく、面会の場所まで指定してきたのである。

菅沼尽太夫の「達《た》っての願い」とやらで、今、十左衛門は供をしてきた斗三郎と二人、くだんの『闇之間』の奥の、徒頭や徒組頭の詰所の小座敷を訪ねている。

さっきこの座敷で初めて顔を合わせた時も、菅沼はまず一番に、自分が勝手にあれこれ指定してきたことについて平謝りに謝ってきたのだが、今、石山が倒れた前後のことを話し終えて、どうした訳か、また改めて、最初に戻ったように詫び直してきた。

「まこと私がような軽輩の分際《ぶんざい》で、かようにお呼び立てなどいたしまして、申し訳もございませぬ。ただ実は石山さまは、すでに『隠居願い』をお出しになっておられるのでございますが、まだ御上よりお許しがいただけず、このままでは石山さまの御家が危《あや》うなってしまうのではございませんかと……」

「え？『石山家《いえ》の存続が危うい』とは、どういうことだ？」

急に剣呑《けんのん》な話になってきて、思わず十左衛門が身を乗り出すと、菅沼も自分から一膝、近寄ってきた。

「石山さまは、今年五十一におなりになったのでございますが、ご実子はおられませず、未だ養子の縁組もなさってはおられませぬので……」

「なに？」

と、十左衛門は目を剝《む》いた。

これはまさしく菅沼が案じる通り、「石山家は存続の危機にある」ということである。

それというのも大名や旗本が家督相続をする際には、「これが我が○○家の嫡男にてございまして、名を○○と申しまする」と、あらかじめ跡継ぎの男子の『御目見え』を願い出て、正式なお許しを得なければならず、この『御目見え』の拝謁を済まさない限り、息子や養子に家督を相続させることができない規則《きまり》となっているのだ。

とはいえ大名家や旗本家の側にも、さまざまに事情はある。

皆できれば家督は実子に継がせたいから、当主に実子が誕生することを願い、なかなか養子をもらわないでいるのが普通なため、不慮の事故や急病などで現当主の命が危なくなったりすると、大変なこととなる。

まずは他家との養子縁組を整えたうえで、上様に拝謁を願うとなると、必定《ひつじょう》、かなりな日数が取られるのだが、その間に本当に当主が亡くなってしまうと、家が「取り潰し」となってしまうのだ。

その救済措置として、幕府は武家に『末期養子《まつごようし》』を認めていた。

末期養子とは文字通り、「当主の末期に、急な養子取りを認めてやる」という意味で、跡継ぎのないまま急病や事故などで当主が危篤状態に陥った場合に、幕府が特例として、未《いま》だ上様への御目見えを済ませていない養子を、その家の正式な跡取りとすることを許可してくれる、というものだった。

だがそれは、当主の年齢が十七歳以上、五十歳未満の場合のみである。

もとより幕府は大名や旗本といった武家に対しては、「いざ戦《いくさ》」という際に、幕府軍の一個隊として戦力となってくれるよう期待して、所領の安堵や家禄の給与を行っている訳で、その意味からすれば、本来は十七歳未満のひ弱な若齢者や、五十歳以上の身体が利かなくなってしまった高齢者には、「武家の当主となっていてもらっては、困る」ということなのだ。

それゆえそうした十七歳未満、五十歳以上の人物を、無理に当主として立てているような武家《いえ》に対しては、末期の急養子を認めずに、「早く養子を決めておけ」というのが、幕府の方針であった。

つまりは今回の五十一歳になる石山克兵衛に対しては、末期養子が認められないということなのだ。

「して、石山どのには、何ぞかお考えのごときはあったようでござるか？」

「はい。実はもうだいぶ前から、時折こうして胸を押さえて我慢なさっておられることがありまして、石山さまもやはりお気になさっていたものか、『御上《おかみ》に隠居願いを出した』と、そう言っておられましたので……」

「ん？　ちと待て。『隠居願い』を出したということは、誰ぞ石山家の跡を継ぐ養子を決めて、その養子の『御目見え』も一緒に願い出ておるはずだぞ」

跡を継いでくれる者がいなくては隠居などできないのだから、必ずや、その養子の御目見えも願い出ているはずだった。

「はい。私もさように思うてはおりましたのですが、配下の身で、あまり立ち入ったことまでお訊ねする訳にもまいりませんので……」

ただ何せ石山が「実は昨日、隠居願いを出してまいってな……」と、菅沼に言ってきたのは今年の正月過ぎのことで、もうそれから随分と月日が経っているというのに、未だに幕府からは何の回答もなく、石山は隠居できずにいるというのだ。

「正月過ぎ？　まことか？」

目を丸くした十左衛門に、

「はい」

と、菅沼はうなずいてきた。

「はい。正月も松が明けまして、間もなくのことにてございました。『なればもう来年の正月は、石山さまの屋敷へご挨拶にうかがうこともできぬのか……』と、寂しく思いましたので、やはり正月過ぎで間違いはないものかと」

「………」

十左衛門は眉を寄せた。

正月の松が明けて間もなくのことだとしたら、もうかれこれ五か月近くも経っているということである。五十を過ぎた石山が体調の不良を理由に、「隠居願い」とともに「家督相続のための養嫡子の御目見え」を願い出て、こんなにも長い期間、放っておかれるものなのであろうか。

徒頭の石山が、自身の隠居や養嫡子の御目見えの願書を出したというのだから、提出先は直属の支配筋の『若年寄方』のはずである。もしかしたら何かの手違いで、まだ御用部屋まで届いていないのかもしれなかった。

この「菅沼」という組頭が、わざわざ目付筆頭の十左衛門を選んで訴えてきたのも、石山の願書の提出先が、いわば「御用部屋の上つ方」であるからだろう。

その上つ方に向かって、「石山克兵衛なる者の願書は届いているのでございましょうか？　届いているなら何ゆえに、未だお許しをいただけないでございましょうか？」と、お伺いを立ててみて欲しいから、他の目付ではなく筆頭の十左衛門を選び、さらにこうして相談をする場所も、徒組の人間しか近寄らないこの「闇之間の奥の詰所」を指定したのであろうと思われた。

菅沼のごとき「徒組の組頭」は、旗本の職ではなく、御家人身分の幕臣が就く御役である。その一介の徒組頭が、いわば「御上に物申す」というような相談を目付方にしてくるのは、おそらくとても覚悟の要《い》ることであったに違いない。「石山当人でもない配下の組頭ごときが、おこがましく、何をしゃしゃり出ておるのだ？」と、もし上つ方の怒りを買うことになれば、自分自身の進退までもが危うくなるのだ。

　そんな危険を冒《おか》してまでも、自分の「徒頭《おかしら》」を案じて相談してきた萱沼の心根に意気を感じて、十左衛門は改めて萱沼に真っ直ぐ向き直った。

「石山どのがご事情、承知いたした」

　うなずいて見せると、十左衛門は表情をやわらかくして、こう付け足した。

「『徒頭』の石山どのを心底から案じてのそなたが訴え、感服いたしたぞ。拙者、これより直《ただ》ちに石山どのが屋敷をお訪ねして、隠居願いの届け出《いで》については詳しゅう訊いてまいるゆえ、そなたは組頭として徒頭の不在を守り、しっかと組下の番士《もの》らをまとめて、相務めてくれ」

「ははっ」

　平伏している萱沼を一人残すと、十左衛門は斗三郎を連れて、徒組の者らの詰所を後にするのだった。

三

十二組の徒頭「石山克兵衛」の拝領屋敷は、番町《ばんちょう》にあった。役高千石の徒頭を務めている石山だが、もとの家禄は八百石だそうである。

石山の容態については、すでに蜂谷の手配で一報が入っており、「とりあえず今は小康状態を取り戻して、落ち着いてはいるようだが、この梅雨寒《つゆざむ》の雨のなか、外に出す訳にはいかないから……」と、少なくとも今日はこのまま医師溜で預かる旨《むね》、家人も承知しているはずだった。

はたして石山家の屋敷に着くと、玄関先まで応対に出てきたのは六十半ばは過ぎていよう思われる石山家の用人であったが、十左衛門や斗三郎ら配下たちが雨に降られて濡れているのを見て取ると、すぐに奥から若党を幾人か呼び寄せて、濡れそぼった雨合羽《あまがっぱ》を脱がせてくれたり、足の濯《すす》ぎを手伝ってくれたりと、何ともていねいな心尽くしの迎え入れである。

その後、用人の案内で客間へと通されると、克兵衛の妻女と見える四十半ばほどの女人が、すでに部屋の下座に控えて、十左衛門らを待っていてくれていた。

「妻の『澄乃《すみの》』と申します。このたびは皆さまに、かようにご面倒をおかけいたしまして、本当に申し訳もございません」

畳に両手をついて頭を下げてきたその妻女に、十左衛門も名乗って、こう言った。

「目付の妹尾十左衛門にござる。いやしかし、どうやらご容態も落ち着かれたようで、まずは何より、良うございましたな」

「はい。お有難う存じます。ただ実はだいぶ前から、幾度もこうしたことはございまして……」

以前から往診に来てもらっている町医者がいるのだが、その医者からは、「とにかくもう、なるだけ家でじっとして、あまり動かぬように気をつけていないと、いつまた胸の痛みが襲ってくるか判らない」と言われているそうで、それゆえ『隠居願い』を出したということだった。

「その隠居願いのことにてござるが……」

ここに来る前、あの闇之間の奥の小部屋で菅沼と話した一部始終を、十左衛門は包み隠さず、すべて澄乃に話して聞かせた。

「まあ、では菅沼さまが、ご心配くださったのでございますね」

「さよう……。いやまこと、御頭の石山どのを、心底より慕《した》うておられるのが、傍《はた》からも、よう判りましてな……」

そんな菅沼の姿が鑑となって、石山が日頃どれほど配下《した》の者たちから信望を集めていたかが、十左衛門や斗三郎にもはっきりと見て取れたのである。

「したがご妻女どの、これまで長くご養子を取らずにおられたのは、何ぞ理由《わけ》があってのことでござるか？」

「『理由』というほどのものではございませんが、ちょうど養子にぴったりの甥が、二人いたものでございますから、どちらに声をかけたらよいものかと、夫も、私も、様子を見ておりまして……」

石山克兵衛には他家に嫁いだ妹と、他家に婿に出た弟とが一人ずついるのだが、その両家に、今年十六になった妹の三男と、今年十七になった弟の次男とがいるため、どちらに声をかけたらよいものかと、伯父伯母である石山家夫妻としては難しい選択になっていたというのだ。

とはいえ、今年の正月過ぎに「願書」は出してあるというのだから、もうどちらか一方を選んだはずである。

「して、結句、どちらに？」

と、十左衛門が訊ねると、澄乃もすぐに答えてきた。

「弟のところの次男にいたしました。年齢《とし》も一つだけですが、上は上にてございますから、一応、理由《いいわけ》にもなりましょうし、何より妹の三男は、まだ十六ながら剣術が人並外れて得意なようでございますゆえ、『あれならば、婿の口も決まりやすかろう』と、夫もそう申しまして……」

と、澄乃がごく当たり前のような口調でそう話すのを聞いているうちに、十左衛門は可笑《おか》しくてたまらなくなってきた。

「………？」

急にはっきり笑顔になった「御目付さま」に驚いたか、澄乃は目を見開いている。

そんな澄乃に、

「いや、かたじけない」

と、十左衛門は笑顔のまま、話し始めた。

「あまりにも我が家とよう似ておられたゆえ、ちと可笑しゅうなりましてな」

「え……？　では、妹尾さまのお宅も？」

「はい。うちも他家へと嫁した妹が子だくさんでございましてな。どの甥でも養子にくれれば構わぬからと、のんきにいたしておりましたら、私もいつの間にやら四十も半ばを過ぎておりましてなあ」

一昨年ようやく妹の三男で、当時十五歳であった甥《の》を正式に養子にしたのだが、これがまた男のくせにお喋りで、父親となった十左衛門《こちら》を相手に幾らでも喋り続けていて困っている、とそう言うと、澄乃もすっかり笑顔になった。

「では、とても良い甥御《おいご》さまを、おもらいになったのでございますね」

「え……？」

意表を突かれて目を丸くした十左衛門に、澄乃は笑ってうなずいてくる。

そんな澄乃に釣られて自分も笑いながら、十左衛門は先を進めてこう言った。

「して、石山どのの隠居願いと、甥御どのの拝謁願いは、いつ頃、どこに、お出しになられましたので？」

「お正月の松が明けて間もなくの、一月の半ば頃だったと思います。ほかの組の徒頭さま方にもご相談をさせていただいて、ご支配の筋のほうへと出させていただいたのではございませんかと」

「さようでござるか……」

提出先は「ご支配の筋」だというから、ごく当たり前に、御用部屋の若年寄方に向けて出したということなのであろう。その「当たり前」の提出の流れのどこかに、何ぞ滞《とどこお》りが出ているものか、はたまた御用部屋のあまりの忙しさに、まだ未処理になっているだけなのか、まずはそちらを見定める必要がありそうだった。

どちらにしても、石山克兵衛は懸案の「五十」を過ぎているのだから、急ぎ石山家の願書が通るよう、手配しなければならない。

十左衛門は居住まいを正すと、幕臣を監察し監督する目付方として、澄乃に約束してこう言った。

「とうにお出しになった書状が、どこで、どうして、かほどに受理が遅れているものか、必ずや急ぎ当方で調べて、隠居が叶うようにいたしまする。こたびまた、石山どのがお倒れになり、いよいよもってご心痛のことと拝察いたすが、しばしお待ちくだされ」

「お有難うございます。どうぞよろしゅうお願いをいたします」

改めて澄乃に頭を下げられて、十左衛門は石山家より出された願書の実態を調べるべく、急ぎ江戸城へと戻っていくのだった。

四

夕刻、城の目付部屋に戻ると、十左衛門は、すぐに当番の二人を下部屋のほうへと駆り出した。蜂谷新次郎と、牧原佐久三郎の二人である。

当番目付が二名ともに部屋を留守にすることになるため、城内に何ぞか有事が起きて目付部屋に報せが入った際には、下部屋《ここ》に呼びに来てもらえるよう、くだんの目付部屋付きの小坊主たちに頼んである。

石山家で澄乃から聞いてきた話のあらかたを伝え終えると、十左衛門は、

「牧原どの」

と、まずは牧原佐久三郎のほうへと向き直った。

「こたびの『徒頭』がような番方の頭が、お支配の若年寄方に向けて、隠居願いのごとき書状を出すとなると、どういった経路を辿ろうか？」

自分たち目付方には、目付部屋専任の小坊主たちが常駐してくれていて、その小坊主の誰かに頼めば御用部屋まで届くため、他役《よそ》がどうしているものか、いま一つはっきり判らない。

だが牧原の前職は、『奥右筆組頭』である。

そも『奥右筆方』は、老中や若年寄たちの秘書のような役目をしていて、御用部屋から廊下一つ隔てただけのところに詰所を与えられており、老中や若年寄に呼ばれて公用文書の草案を作成したり、重要な案件において御用部屋と関係各所との意見交換

や諸連絡を担ったりと、さまざまに立ち働くのが仕事なのだ。

おまけにその奥右筆方のなかでも、たった二名しかいない奥右筆組頭は、日々、御用部屋に向けて上げられてくる願書や意見書のすべてに目を通しているのである。

そのうえで、必要があれば平《ひら》の奥右筆たちに命じて、老中ら上《うえ》つ方《かた》が読みやすくなるよう内容の要点をまとめさせたり、もしその願書や意見書に不審な点があれば先立って調査もさせて、見比べられる先例があったほうが良さそうだと判断すれば、過去の資料から参考になりそうなものを探し出させたりもする。

つまりは、こたび石山克兵衛が出した「隠居願い」のごとき上申の書状についても、どういった経路で御用部屋に届けられて、どのように処理されていくものなのか、牧原ならば、よく知っているということである。

その牧原に訊ねて、十左衛門はこう言った。

「どうだな、牧原どの。やはり、こたびがように『頭格《かしらかく》』の隠居願いであれば、上役は、即、若年寄方ゆえ、石山どのが直に若年寄方に向けて書状を出されたのであろうが、やはり誰ぞ表坊主に頼んで御用部屋《おへや》まで届けてもらうことになるのであろう？違うか？」

「おそらくは、その伝《でん》にてございましょう。けだし御用部屋には、普通の表坊主は立ち入りができませんので、御用部屋近くの廊下で、御用部屋《おへや》付きの坊主たちに手渡しすることにはなりましょうが」

「やはりそうか……」

と、十左衛門は考えるような顔つきになった。

「となると、石山どのご自身の手から御用部屋に届くまでの間に、願書の書状が紛失したということは、ほぼなさそうだな……」

「はい。『表坊主』も『御用部屋付きの坊主』たちも、ことにそうした御用部屋《おへや》に関わる書状の中継ぎには、万が一にも間違いがないよう、十分に気を配っておりましょうし」

「では、そのあとに失《な》くなった、ということでござろうか？」

横手から言ってきたのは、蜂谷新次郎である。

「牧原どのには、いささか訊きづらいところではござるが、御用部屋に向けて届けられてきた書状は、すべて奥右筆組頭が誰よりも先に目を通して、処理の仕方を断ずるのでござろう？　そのうえでご担当の上つ方にお渡しをする前に、必要とあらば平の奥右筆の誰ぞに命じて、下調べなり、内容の取りまとめなりとさせるのであろうから、そうした間に誤って、奥右筆の誰ぞが紛失するということはござらんのかの」

「『あるか、ないか』の話であれば、あまり『ある』とは思えないのでございますが……」

もとより奥右筆方は書類を扱うのが仕事ゆえ、そんな風に「預かった書状を紛失する」とは考えられないということなのであろう。

それでも牧原は、目付十名のなかでは一等「新参」ということもあり、先輩格の蜂谷に逆らわずに、こう言い足した。

「ただ、やはり、人間《ひと》のすることではございますから、必ずや間違いがないとは限りませぬ。私さっそく明日にでも奥右筆方のほうに顔を出しまして、石山さまの願書についていて調べてまいりまする」

「そうしてくださるか、牧原どの」

と、蜂谷は素直に、嬉しそうな顔をした。

「いやな、正直なところ、どうにも石山さまのご様子が案じられてならんのだ。つい先ほども医師溜に立ち寄って、石山さまに会《お》うては来たのだが、まだあまり口を利く元気も出んようでござってな」

「さようにお悪いか？」

横手から我慢できずに「牧原どの」より先に口を出したのは、十左衛門である。

「はい……。お顔の色も、それは酷《ひど》うございますし、あれでは明日、たとえ雨が止みましたとしても、とてものこと駕籠にも乗せられないのではございませんかと……」

「そうか。ご妻女のもとには、まだ返して差し上げられぬか……」

十左衛門の脳裏に浮かんでいるのは、妻女の澄乃の顔である。

すると前で牧原が、やおら立ち上がって言ってきた。

「やはり私、これからすぐに奥右筆方のほうにまわってまいりまする」

言うが早いか、飛び出すように下部屋を出ていった牧原佐久三郎の背中を、十左衛門は嬉しく、頼もしく見送るのだった。

五

牧原が奥右筆方の広い執務室に駆けつけていくと、はたして、まだ部屋のなかにはかなりの人数が残っていて、幸いにもそのなかに、奥右筆組頭のうちの一人もいた。

「いや、これは牧原さま。いかがなされました？」

自分の仕事の手を止めて部屋の奥から出てきてくれたのは、二人いる組頭のなかの一人で、戸坂孝之助《とさかこうのすけ》という三十六歳の者である。この戸坂は、まだ牧原が奥右筆方で組頭を務めていた頃に、手練の奥右筆《はいか》として何かと頼りにしていた後輩で、目付となって奥右筆方を出ていった牧原の後任として、組頭に上がったのであった。

「終業前の忙しい時分に相済まぬ。実は至急、ちと確かめねばならぬ『徒頭よりの上申の書状』があってな……」

牧原があらかたの事情を説明すると、戸坂はすぐに了解して、思い出そうとし始めたようだった。

「いや……。何ぶん、まだ今年に入ってからのことではございますし、そうした『末期養子に外れる方の養子取り』というような危急の書状でございましたら、自然、記憶《あたま》にも残っておりますものかと……。取り扱《あつこ》うたのが私ではなく、深田《ふかだ》さまのほうなのやもしれませぬ。深田さまなれば、たぶんまだ二階においでございますゆえ、ちとお呼びしてまいりましょう」

そう言って戸坂孝之助は、二階に続く階段を軽やかに上がっていった。

戸坂が「深田さま」と口にしたのは、二名いる奥右筆方組頭のもう一人のほうで、戸坂からは先輩格にあたる深田博太郎《ひろたろう》という者のことである。

奥右筆方の者たちは、それぞれが必要に応じて、老中や若年寄をさまざまに補佐しながら個々に動いているという実態《こと》もあり、他役では「○○頭《がしら》」と呼ばれるような長官の職は設けられていない。能力のある古参二名が、役高四百俵の『奥右筆組頭』として全体の監督をし、ほかの二十名が役高二百俵の平の『奥右筆』として、おのおの自分が担当する案件を、時には何件も兼ねる形でこなしていた。

　そんな仕事の事情もあって、奥右筆方の執務室の二階には、先例となるような過去のさまざまな書類が複雑に分類されて収納されており、どうやら深田はその書庫で調べものをしていたようだった。

「おう、久方ぶりだな、佐久三郎。今、孝之助から、おおよその事情は聞いたぞ」

　戸坂とともに下りてきた深田博太郎《ひろたろう》は、年齢こそ二つ上の四十一歳ではあるが、奥右筆方では同期で、昔からの友人でもある。

　そんな事情もあいまって、牧原はこうして奥右筆方に今《ここ》でも出入りができるのだが、反面こうして何かの折には、半ば博太郎を頼る形で、目付方のための調べものをさせてもらうことに、申し訳なさを感じていた。

「いや、済まぬ。こうしてこんな時分に来れば、おぬしらに余計に面倒をかけようことは重々判っていたのだが、懸案の『石山さま』が、どうにもご容態が良うなくてな」

　これではかえって言い訳がましいとは思いながらもそう言うと、そんな牧原の肩を、深田はぽんぽんと、手を伸ばして叩いてきた。

「その件なれば、孝之助に言われてすぐに思い出したぞ。どの番方のどなたであったか、御職や名なんぞは、まるで覚えちゃおらんかったが、五十を過ぎてお身体の調子が悪く、早う引退せねば身が保《も》たぬということだけは、隠居願いの文面で、十二分に読み取れたゆえな」

　御用部屋の老中方や若年寄方に宛てて提出されてくる新規の書状は、多い日には幾十通にも及ぶこともあるのだが、そのなかの結構な数が、「婚姻」や「家督相続」、「養子縁組」、「現職の辞退願い」といった個人的な何かに幕府の許可を求めるものである。大名家であれば老中方が、それ以下の旗本家などであれば若年寄方が支配することとなっているため、それぞれ自家の支配筋である老中方や若年寄方に、願書の形で提出してくるのだ。

　そうしたなかでも、以前に石山克兵衛から出された「隠居願い」と「養子の拝謁願い」は、しごく目を引くものであったため、深田もすぐに当時『月番』を務めていた若年寄に、石山の書状を廻したという。

「して、博太郎。その『月番』がどなたであったか、覚えてはおらぬか?」

　期待して牧原は身を乗り出したが、深田はすまなそうに首を横に振ってきた。

「それがどうにも、はっきりとはせんのだ。壱岐守《いきのかみ》さまではなかったことだけは確かなんだが、では他のお三方《さんかた》のどなたであったか、思い出せぬ。毎度、毎度似たように、お忙しい月番のお方に気を遣《つこ》うておるゆえな」

「まあ、まこと、さようさな……」

牧原も大きくうなずいた。

深田の言った「壱岐守さま」というのは、首座《しゅざ》の若年寄を務めている人物のことである。

今、若年寄方には四名の若年寄がいるのだが、年齢順ではなく古参の順、つまりは若年寄になって何年経つかで、「首座」「次席《じせき》」「三席」「四席」と順位が決まっている。

老中方のほうでも、それは同様であった。

その老中方も若年寄方もそれぞれに、その月に誰か一人を「当番」と決めて交替制を取っており、新規の書状はその「月番老中」なり、「月番若年寄」なりが、すべて受け付けることになっている。

だがその他にも、皆おのおの未だ処理が終わらずに抱えている案件があるため、月番がまわってくると、とてつもない忙しさになるのだ。

それゆえ、たとえば御用部屋のなかでも一番に気の短い次席老中の「松平右京大《まつだいらうきょうだい》夫《ぶ》さま」などは、月番老中になられると、忙しさのあまり、常にいらいらしていて、すぐに怒り出すのである。そうした月には奥右筆方の深田たちも、皆でいつも以上に気を遣い、できるだけ右京大夫に手間をかけさせずに済むよう、あれこれ余計に工夫している次第であった。

「して、どうする?」

と、顔を寄せてきたのは、深田である。

「その『月番のどなたか』が、たまたま石山さまの書状を紛失したか、それとも処理もせぬうちに、間違って『処理済み』の文箱《ふばこ》に入れてしまわれたかの、二つに一つというところであろうが、おぬし、また処理済みを片っ端から探すつもりか?」

「ああ、いや……」

深田に訊かれて、牧原は口ごもった。

それというのも、こたびのように、「これ」と狙った一通の書状を、処理済みの書類ばかりが集められた木箱のなかから探し出すのは、大変な作業なのである。

御用部屋の老中や若年寄たちは、それぞれ手元に幾つかの文箱を持っていて、「奥右筆方から廻ってきたばかりの、まだ一度も目を通していない書類」、「すでに日は通したが、すぐには処理が済まない案件の書類」、「もうすべて処理が済んだ案件の書類」などというように、皆おのおの自分のやりやすい形で書類を分類して、文箱に入れ分けている。

だがそのうちの処理済みの書類については、「皆さま」えてして扱い方が雑であり、今などは御用部屋の片隅に置かれた大きめの木箱に、それぞれが「捨てたい」時に、自分の処理済みの文箱から移して投げ入れるという形になっている。

その木箱のなかの処理済みの書類を回収して、分類し、保管しておくのも、奥右筆方の仕事である。

奥右筆方には、日々多くの新しい案件が持ち込まれてくるにもかかわらず、人員は二十二名しかいないため忙しく、常に現行の案件が優先されて、処理済み書類の分類などは、どうしても後回しになる。

ことに、幕府の政治《まつりごと》にとっては「どうでもいい」ような、武家たちの婚姻や養子縁組、隠居願いといった届出の書類は、いよいよもって後回しにされ、おまけに数も多いゆえ、必定、奥右筆方の二階に置かれた「未分類の大箱」に、とりあえず収蔵されている。

実際そんな未分類の木箱は幾つもあり、以前にも牧原は目付方の調査《しらべ》で、そうした木箱のなかから「お目当ての一通」を、大変な手間をかけて探し出したことがあり、その時も深田博太郎に面倒をかけたのだ。

「どうする、佐久三郎。投げ込みの大箱は、今たしか五つはあるぞ。それでも探してみるか？」

「ああ。すまぬが、そうさせてもらえたら有難い」

「判った」

うなずくと、深田は「行くぞ」というように、牧原に目で二階を指して見せた。そうして、くるりと背中を向けて、一足先に階段を上がっていこうとする。

その深田の背中を止めて、牧原は慌てて言った。

「いや、一人で探してみるゆえ、大丈夫だ。おぬしは、もう終業《しまい》にしてくれ」

「ふん。おまえ一人だけでは、夜が明けるぞ」

そう言って、深田博太郎は、構わず階段を昇っていく。その深田を止めて、後ろから声をかけながら、牧原が追いかけていくと、深田は昇りきった先の二階に誰も人がいないのを確かめて、後ろを振り返ってきた。

「目付が奥右筆方《うち》で調べものをしたとて、どちらも幕府の御為《おため》にと尽くしておるのは変わらんのだから、遠慮することはなかろう。だがな、おまえに『目付』の出世話《はなし》が来た時に、ずいぶんと心配もしたし、大いに反対もしてやったが、今でもそれは変わらんのだ。それゆえこうして前職を生かして、それで幾分かでも手柄《てがら》になるというのなら、手伝《てつど》うてやるから、いつでも来い」

「…………」

うっかり何か返事をしたら湿っぽくなりそうで、牧原は黙ってうなずいて見せた。

この深田博太郎は自他共に認める合理主義者で、牧原が目付に推薦された時にも、

「役高四百俵ぽっちの奥右筆組頭が背伸びをして目付になっても、苦労なばかりだぞ。奥右筆方《ここ》におれば、御用部屋の上つ方にも頼りにされて、一生『切れ者』と呼ばれて暮らせるではないか」と、深田は一人、本気になって反対していたのである。

そんな深田であるから、牧原が役高千石の目付になっても、以前といっこう変わらずに、周囲に奥右筆方《みうち》しかいない時には、平気で「佐久三郎」と呼び捨てにしてくる。

牧原にとっては、それが何より嬉しくて、この居心地の良さに、ついいつも甘えてしまうのだ。

「私も、お手伝いを……」

と、引き続いて二階に昇ってきてくれたのは、戸坂孝之助である。

深田や戸坂と三人、牧原は書庫の匂いに懐かしさを感じながら、五つもある大きな木箱の中身を、一つ一つ確かめていくのだった。

六

はたして、処理済みの木箱のなかに、石山克兵衛の願書はあった。

やはり深田の読み通り、当時、月番だった若年寄が誤って、まだ未処理であった石山の願書を、処理済みの書類のほうに混ぜてしまったに違いなかった。

だがそれを鬼の首でも取ったかのように言い立てて、若年寄方に「迅速な決裁を！」などと、迫る訳にはいかない。下手《へた》に事を荒ら立てれば、「誰のせいだ？」と犯人捜しの体《てい》になり、また余計に時間がかかってしまうからである。

それよりは、まるで端《はな》から何もなかったかのごとくに、もう一度、願書を書いて提出し、それを深田が上手《うま》く若年寄方に中継ぎして、急いで養子の御目見えを済ませたほうが得策で、事実、若年寄方は石山からの願書をまだ見てもいないのだから、二通目を出しても気づかないはずなのだ。

この一連の事実を十左衛門に報告し、石山の屋敷にも報せたうえで、書状の書き方に精通している牧原の指導のもと、石山家の用人に当主・克兵衛の代理として願書を書かせて、急ぎ提出させたのだが、遅かったようだった。

石山は倒れた日の翌日、「やはり屋敷に帰りたい」と、医師溜の医者たちを説得し、無理を押して駕籠で屋敷に帰っていったのだが、帰宅してまだ丸三日と経たない日の早朝、今度は本当に胸を押さえたまま亡くなってしまったのである。

その一部始終を書き記した澄乃の文《ふみ》が、目付部屋にいた十左衛門の手元に届いたのは、亡くなった日の正午少し前のことだった。

読み終えて十左衛門は、すぐに石山家の屋敷に向けて馬を走らせた。

供もつけず、たった一人で、誰にも言わずに城を出てきたのである。

番町にある石山家の屋敷に着くと、十左衛門は、澄乃と用人ら家臣の者たちに指示をして、さまざまに支度《したく》をさせた。

まずは奥の座敷に寝かされているという石山を、十左衛門《こちら》には絶対に見せぬように、屏風《びょうぶ》で囲って隠させたうえで、線香だの、花だの、供物だの、つまりは死者がいることを感じさせる事物はすべて片づけるよう、指示したのである。

そうして石山家の用人に、「看病しているふりをして、石山の枕元に付き添っているように……」と命じると、それに加えて「もし何か十左衛門《こちら》が訊いたら、それに答えてただ一言、『間違いはございません』と、小さな声で言うように……」と教え込んだ。

この一連の指示を、十左衛門は玄関の前から一歩も屋敷内《なか》には入らずにしたのだが、そうしてそのまま、澄乃ら石山家の家中たちがすべての用意を整えるまで、じっと待っていたのである。

一方で澄乃にも、「用意が整ったら、若党を一人だけ引き連れて、玄関までこちらを迎えに来るように……。そしてその際には余計なことはいっさい口にせず、こちらが何か言ったら初めて、『はい。どうぞ、こちらに……』と、短くそう言って、石山を屏風で隠してある奥座敷に案内して欲しい」と、そう伝えてあったのだ。

そうして玄関の前で待つこと、小半刻《こはんとき》（約三十分）あまり、どうやらすべて用意を整えたらしい澄乃が、若党を一人だけ従えて、十左衛門を迎えに現れた。

澄乃はひどく緊張した顔をしていたが、十左衛門に指示された通り、何も言わない。

そんな澄乃に、十左衛門はまるで今ここに来たばかりのような顔をして、杓子定規《しゃくしじょうぎ》にこう言った。

「先般おうかがいをいたした目付の妹尾十左衛門にござる。ご当主・石山克兵衛どの『ご危篤』の一報をお受けして、駆け参じた次第にござれば、石山どのがお休みになられているお座敷に、案内《あない》していただきたい」

「はい。どうぞ、こちらに……」

澄乃も心得た様子で、奥の座敷へ向けて歩き始めた。

これが末期養子を迎えるための幕府の規則《きまりごと》なのであろうことには、もちろん澄乃も家臣たちも、とうに気づいている。

だが夫の克兵衛はすでに五十を超えており、おまけに未だ幕府からは「隠居願いを聞き届けた」という返事も、「養子の拝謁を許す」という報せも、いっさい入ってはいないのだ。

それでもこうして末期養子の儀式を始めようとしてくれている「妹尾さま」におすがりして、澄乃も家臣たちも、粛々《しゅくしゅく》と動いていた。

「どうぞ、こちらに……」

と、再び澄乃が台詞《せりふ》を口にしたのは、くだんの奥座敷に着いた時である。

「失礼つかまつる」

澄乃に勧められた形で、十左衛門は座敷に足を踏み入れた。

見れば十左衛門の指示通り、座敷の奥まったあたりには、屛風が二つばかり繋げて立てまわされていて、おそらくはその向こうに布団に寝かされている石山と、その枕元に控えた用人とがいるのだろうと思われた。

「なれば、これより『判元見届け《はんもとみとど》』をばさせていただこう。ご養子のお血筋やお名については、すでに書状で届け出ていただいておるゆえ、再度の確認《たしかめ》と相成《あいな》るが、克兵衛どののがご実弟のご次男『千次郎《せんじろう》どの』に、石山家のご家督を譲られるということで、間違いはござらぬか？」

「……間違いはございません」

主人とは似ても似つかぬ声だから、自然、用人の返事は、小さくて弱々しいものになっている。

だが、それでいいのである。

そも「判元見届け」というのは、目付方の仕事の一つであった。

こたびのように、どこかの幕臣家で当主が危篤状態となり、「末期の急養子」を申請するという段には、まだ当主に息があるうちに江戸城《しろ》の目付方まで急報を入れて、急ぎ「見届け役の御目付さま」のお出ましを願うのである。

急行した目付は、末期の状態にある当主に向けて、「今、ご当家のご一同が『〇〇どの』といわれる人物を『当家の養子に……』と申されているが、その御仁に家督を譲られるということで、間違いはござらぬか？」と、当主がその養子を「良し」としているか否かを、改めて確かめた。

これはひとえに、武家の御家騒動を防止するための策であった。

当主が危篤状態にあるのをいいことに、親戚や家族や家臣たちが、自分らに都合のいい養子を仕立てて、その幕臣武家を乗っ取ろうとすることを、幕府は厳重に取り締まろうとしているのである。

それゆえ通常の末期養子であれば、急に立てた養子の名や血筋の正当性を記した簡単な届出書を、あらかじめ用意しておかねばならず、その書状の内容を末期の状態にある当主がはっきりと認めて、「花押《かおう》（サイン）」を描くなり、「判《はん》」を捺《お》すなりするところを、目付が見届けるというものだった。

これを称して、「判元見届け」というのである。

とはいえ危篤状態にある人間が、江戸城からはるばる馬で駆けつけてくる目付の到着を待てるとは限らないから、いざ到着してみると、「時すでに遅し」という場合も少なくはない。

それをいちいち杓子定規に、「末期養子に間に合わなかったから、嗣子《ちやくし》不在で御家は断絶」と幕臣家を潰していたら、幕府を恨んで不平分子《ふへいぶんし》だらけになってしまうため、今日のように、すでに息のない当主をまだ生きているように見せかけて、目付もそれに気づいていても気づかないふりをして、「判元見届け」を滞りなく済ますのが、末期養子の通例となっているのである。

つまりはこたびの石山家の場合、当主である克兵衛がすでに亡くなっていた事実に関しては何らの不都合もないという訳だが、問題は、やはり克兵衛が五十を過ぎてしまっていることだった。

そのことについては、澄乃ら石山家の者たちも、むろん承知の上なのである。

この先、自分たち石山家がどのようになるものか、本当は是非にも訊きたいところであったが、澄乃も家臣らも、いっさい口にしようとはしない。

それというのも、さっき「妹尾さま」が玄関先で自分たちにあれやこれやと指示した後に、こちらの準備が整うまで外で待ち続けてくれている姿を見て初めて、澄乃は十左衛門がいっさい供を連れずに、たった一人で判元見届けに来たことに気がついて、「妹尾さまは石山家《うち》のために、戦ってくださるおつもりなのだ」と、しっかりと理解したのである。

「いいですね。すべて妹尾さまにお任せをいたしますよ。この先のことは、妹尾さまがお話ししてくださるまで、いっさいお訊ねしてはいけませんよ」

と、忠義者の用人をはじめとした家臣たち一同を前にして、さっき澄乃が言い聞かせてあったのだ。

それゆえに、こうして静かに、石山家の末期養子の判元見届けが成されたという訳であった。

「ではこれで失礼をいたしまする。この後のことについては、また必ず拙者がお伝えにまいりましょうゆえ、しばしお待ちくだされ」

「はい。お有難う存じます。よろしゅうお願いをいたします」

そう言って、小さく手を合わせるようにしてきた澄乃にうなずいて見せると、十左衛門はまた一人、石山家の門前で、ひらりと馬に跨《またが》った。

石山家の者らの視線を背中に感じるから、たぶんまだ澄乃たちは門の外に残っていて、十左衛門《こちら》が見えなくなるまで見送ってくれているのであろう。

そんな石山家の皆をどうにかして守ってやりたくて、十左衛門は江戸城《しろ》を飛び出してきたのである。

むろん、この末期養子の判元見届けが「正当なものではない」ことは、十左衛門も、重々承知している。

だが石山家が再度提出した願書にも、未だ若年寄方からの回答はないのだから、澄乃が養子に迎えようとしている甥は「急養子」の形でしか跡取りになりようがなく、それならば、とにもかくにも正式な見届け役である目付の十左衛門が自分《じぶん》「判元見届け」

だけはしておこうと、急ぎ石山家の屋敷に駆けつけたのだ。

とはいえ、石山家の当主・克兵衛がすでに五十を超えていて、末期の急養子を取れないことも確かである。

その禁を犯して、無理に石山家に勧めて末期養子の形式《かたち》を取らせ、勝手に判元見届けをしてきたのは自分で、それゆえすべての責《せき》任は石山家ではなく、目付の自分に在《あ》るのだと、十左衛門は御上《おかみ》に対してそう陳情《ちんじよう》するつもりで、馬で駆けつけてきたのであった。

目付方の誰にも言わず、供も連れずに単身で来たのは、他の者を巻き込みたくないからである。

この自分の思惑《おもわく》が無事に幕府に認めてもらえるよう祈りながら、十左衛門は、日が傾きかけた午後の閑静な武家町のなかを、馬で帰城していくのだった。

七

十左衛門が江戸城へ取って返すと、目付部屋のなかは喧々囂々《けんけんごうごう》、大変な騒ぎになっていた。

時刻はちょうど、目付十人全員が集まっての「合議《ごうぎ》」が始まる夕方の七ツ刻《ななつどき》（午後四時頃）である。

今の目付方には、筆頭の十左衛門が言い出した「合議についての取り決め」があって、目付はおのおの日に一度、よほどの不都合がないかぎり、夕方の七ツ刻には目付部屋に立ち寄って、急ぎ皆に報せたいことや、一人では判断が難しい案件についてなどを、合議の席で伝え合おうということになっているのだ。

それゆえ今日も七ツ刻過ぎ、ちょうど十左衛門が目付部屋まで戻ってくると、すでに他の九人の目付は集まっていたのである。

「ご筆頭！」

部屋に入ってきた十左衛門に、飛びつくように駆け寄ってきたのは、蜂谷新次郎である。

だが見れば他の八人もそれぞれに十左衛門《こちら》を注視していて、皆がこたびの石山家の一件について、すでに蜂谷や牧原から仔細を聞かされて、そのことで「ああだ、こうだ」と話していたのは明らかだった。

それというのも実は今日、石山家に「判元見届け」に向かうため、そっと一人で目付部屋を出る際に、十左衛門は部屋付きの小坊主を呼びつけて、澄乃から届いた文を、牧原に渡してもらうよう頼んでおいたのである。

あの文を真っ先に牧原に見せたかったのは、この先の石山家をどうすればいいかについて一緒に考えて欲しかったからだが、あの訃報を見た直後に十左衛門《こちら》が城からいなくなれば、「ご筆頭は石山家に判元見届けに行かれたに違いない」と、牧原ならばすぐに看破《かんぱ》したことであろう。

それが証拠に、今、駆け寄ってきた蜂谷新次郎が、はっきりと訊いてきた。

「石山さまのお屋敷に、末期養子のお見届けに行かれていたのでございましょう？お声をかけていただいたら、私も喜んでお供をいたしましたのに……」

「そうしたものではございますまい。そも、こたびの石山家は、末期養子の対象には入りませぬぞ」

蜂谷の言に、はっきり腹を立てたのは、荻生朔之助《おぎゆうさくのすけ》であった。

荻生はもともと一本気な性格であるうえに、目付方に来る前は、長く『小納戸《こなんど》』として上様のお側近くに仕えていたため、幕府が「これ」と定めた規則を破ろうとする行為自体が許せないのであろうと思われた。

だが、こたびの一件に関しては、蜂谷のほうも「石山さま」に対しての想いがある。

十左衛門自身はとうとう最期まで石山と話さず終《じま》いになってしまったが、「御頭」

と石山を慕う組頭の菅沼や、妻女である澄乃から生前の話を聞くかぎり、石山克兵衛という御仁は懐の深い、人望のある人物であったに違いなく、それゆえ蜂谷も「自分が徒頭をしていた頃の、元同僚」というだけで、こんなにも石山に入れ込んでいるのであろうと思われた。

それが証拠に、今もまるで背中に石山を庇って立つかのようにして、蜂谷は荻生に吠え立てた。

「だが、こたび石山家では、もうとうに若年寄方に向けて願書を出しておるのでござるぞ。正月明けに出した願書《もの》なら、普通であれば御目見えも済んで、何の支障もなく甥御に家督も相続されて、石山さまご自身は、ごゆるりと隠居暮らしをなさっていたはず……。そこをかように面倒な次第にいたしたのは、当時『月番』の若年寄のどなたかであり、ひいては幕閣《ばっかく》側の失態ではござらぬか」

「いや、蜂谷さま。さように申されては、さすがに……」

横手から慌てて止めに入ったのは、日頃から温和な赤堀小太郎である。だが、

「赤堀どの」

と、さらにその赤堀を止めて、後ろにいた小原孫九郎《おばらまごくろう》が、諭《さと》すように赤堀の肩に手を置いてきた。

「赤堀どの、それは善《よ》うなかろうて。たとえ御用部屋の上つ方とて、失態は失態でござるぞ。蜂谷どのは『目付』として、そこをはっきり申されただけのこと……。我ら目付が横手から、その蜂谷どのを止めるようでは、いかんではないか」

「……はい。申し訳ございません。たしかにそこは『目付の職』といたしましては、さようではございますのですが……」

と、赤堀が、言いたいことが上手く伝えられずに言い淀んでいると、そんな「赤堀どの」を見て取って、今度は稲葉徹太郎《いなばてつたろう》が助け舟を出してきた。

「こたびの件の、この異様な難しさは、まさしくそこにてございましょう」

今年で三十七になったこの稲葉徹太郎は、「機《き》を見るに敏《びん》」という部分《ところ》でいえば、この十人のなかでも一、二を争うような頭の切れる男なのだが、それに加えて「他者《ひと》と争うのを好まぬ」風も持ち合わせているため、こうしていつも折に付け、上手く仲裁に入るのだ。

今もおそらく、わざと「異様な難しさ」などという大仰な言葉を使って、皆の気をいっせいに赤堀から逸らそうとしたに違いなかった。

「『異様な……』とは、どういうことでござる？」

見事に「気を逸らしてくれた」のは小原孫九郎当人で、すでに赤堀のことなど忘れた様子で、稲葉のほうに身体ごと向き直ってきている。

その小原に、稲葉も向き直って、先を続けた。

「願書がどこで消えたかを探らなければ、若年寄方のところで間違って『処理済み』に混ぜてしまっていたことも判らなかったのでございますし、そのあとも、我ら目付が、もしそのまま『若年寄方の失態』を表立てて糾弾《きゅうだん》いたしておりましたら、この一件は大いに揉めて、裁決はいよいよ延びたことにてございましょうから、必定、やはりこれ以上のやりようはなかったのでございましょうが……」

「ん？　稲葉どの、そなた何を言いたいのだ？」

まわりくどい話に小原がいらいらし出したようであったが、稲葉はわざと気づかぬふりで、先を続けてこう言った。

「つまりは今、願書が二通ございますのが問題で、石山家の末期養子を『若年寄方の失態なのだから、致し方なかろう』と、御用部屋の皆さまにお認めいただくためには、是非にも一通目を生かしておかねばなりますまい。ですが、もう実際に今あちら《こ　ち》の手元には、つい先日出したばかりの二通目がございますゆえ……」

「なるほど……。恥ずかしながら、今わたくし、ようやくこの一件の『味噌』が判りましてござりまする」

明るく横から合いの手を入れてきたのは、桐野仁之丞《きりのじんのじよう》である。

「なれば目付方《こちら》は、若年寄方《あちら》の正月の失態を言い立てて『末期養子』を認めさせる一方で、失態に気づいていながら小賢《こざか》しく二通目を出し直した次第を、御用部屋の皆さまに謝らねばならぬと、そういうことでございますね」

「ほう、桐野どの。貴殿にしてはめずらしく、やけにスッパリ斬って捨てたではないか」

にやにやしながら話を引っ掻《か》きまわしにかかったのは、西根五十五郎であった。

「『石山《いしやま》家に、二通目を書かせる』と決めたのは、ご筆頭や牧原どのでござろうに、そのお二人を相手に『小賢しく』とは、また思い切ったことを……」

「いえ、さようなことはございません！　たしかにあの際、正直に『月番の若年寄さまに間違いがございました』と申し上げておけば、このように面倒なことにはならなかった訳でございますし……」

慌てて横から牧原が、桐野を庇ってそう言うと、

「……すまぬ。この通りだ」

と、十左衛門が、一同に向かって深々と頭を下げた。

「やはり一番の失策は、ついさっき儂《わし》がいたした『勇み足』だ。『石山どのが、荼毘《だび》

に付されてしまわぬうちに……』と、つい夢中で駆けつけてしまったが、荻生どのが申された通りで、五十を過ぎての末期養子は認められておらんのだから、かえって若年寄方《あちら》に反論の余地を与えてしまった、ということゆえな」

「『反論の余地』とは、これまた何とも……」

小さく言って、苦笑いを見せたのは、西根五十五郎である。

だが西根も今度ばかりは「ご筆頭」が相手ゆえ、からかいの体《てい》ではなく、困ったような顔になっている。

西根がその表情《かお》になっているのは、「この件をどうしたらよいものか」と、嫌味や皮肉より、そちらのほうを真剣に考え始めているからで、たしかに十左衛門当人の言う通り、石山家に末期養子をさせてしまったことは、若年寄方と戦う上では、かなりの弱みとなるものと思われた。

「まあ、しかし、順当に二通目を生かそうと思えば、末期養子にでもせぬかぎり、石山の家に将来《さき》はございませんからな……」

「いや、まこと、そこなのだ」

十左衛門は西根にうなずいて見せると、次にはぐるりと一同と目を合わせて、言い出した。

「まこと、こたびは勇み足ばかりで『裏目、裏目』と情けないかぎりでござるが、あえて言い訳をさせてもらえば、西根どのの言われた通りに思い詰めてしもうてな……」

石山家の皆には、あまり多くを説明せずに末期養子の準備をさせて、そのうえで、御用部屋の上つ方を相手に、単身で陳情するつもりであった。

「『石山家よりすでに願書は出されておりますゆえ、あとは目付の自分が、しかと判元の見届けをして、迎える養子に問題なしと判明さえいたせば、それでよいかと存じまして……』と、無理にもそれで押し切ろうと思うていたのだ」

「ですが、それでは目算《もくさん》が、ちと甘《あも》うございましょう。『五十をとうに過ぎていながら、自身の体調の変化に間に合うように、一連の願書を出しておかなかった石山の過失だ』と、一蹴《いっしゅう》されかねませぬぞ」

横手から言ってきたのは、荻生朔之助である。

すると、その荻生に呼応して、

「私も、さように危惧《きぐ》をいたしました」

と、桐野もはっきり意見してきた。

「こたび『石山の家には、非はなし』と、御用部屋《おへや》にお認めを願うとすれば、やはり正月の一通目を不当に打ち捨てられてしまった事実を、盾《たて》に取るよりほかにはございますまい」

「さようさな……」

と、十左衛門も認めて、うなずいた。

「今こうして、おのおの方と合議《はなし》をするだに、いかに自分が『下手を打ったか』ということが、一つ一つ悔やまれてならぬ。そもご妻女の澄乃どのより願書の経緯を伺《うかご》うてすぐに、御用部屋《おへや》に談判《だんぱん》に参上いたせばよかったのであろうが……」

「まこと申し訳ござりませぬ。私が『素知らぬふりで、二通目を……』なんぞと、猿知恵を出しましたせいで、かえって……」

横手から頭を下げてきた牧原に、十左衛門は首を横に振って見せた。

「いや、それより、とにかく一番の勇み足は、儂《わし》が勝手に判元見届けをいたしてきたことよ。二通目はともかく、こちらがほうはハッキリと『禁じ手』であるゆえな」

「あの……」

と、遠慮がちに口をはさんできたのは、これまでずっと皆の様子を心配そうに眺めて黙っていた佐竹甚右衛門《さたけじんえもん》である。

「ご筆頭が末期養子の見届けに行かれたことは、まだ御用部屋の皆さまにはバレていないのでございますから、石山の家にもそう言って、なかったことになされば済むのではございませぬか？」

だが、せっかく勇気を出して発言してくれたその提案は、小原孫九郎によって即座に叩き潰された。

「『目付』が、さようにこそこそと、卑劣な真似をいたしてはならぬ」

「…………」

と、叱られた子供のように佐竹は身を縮めたが、小原自身はどうやらもう、横にいる佐竹のことなど目には入らずにいるらしく、堂々と、今度は皆を叱咤激励《しったげきれい》して、こう言い始めた。

「何がどう、目付方《こちら》に不利になろうとも、若年寄方《あちら》に不利になろうとも、あった事実《こと》も、した事実《こと》も、すべて隠さず申し上げたうえで、『石山の家を潰すのは、どうあっても道理に合わぬ』ということを、我ら目付部屋の総意として上申すべきでござろうて」

「…………」

「…………」

と、一瞬、皆がぴたりと動きを止めて、小原孫九郎を振り返った。

「……いや、小原どの。まことにもって、その通りにござるな」

皆の沈黙を破ってそう言ったのは、十左衛門であった。

「まこと、我ら目付の本分は、そうしたことでござった。拙者が愚かに『勇み足』をした事実も含めて、これよりすぐに御用部屋の全体に宛てて、すべての経緯を明らかにしたうえで、石山家の存続を願おうと思う」

「『御用部屋の全体』ということは、ご老中方々へ宛《あ》てても、出されるということで？」

訊いてきたのは、稲葉である。

「うむ」

と、十左衛門はうなずいた。

「若年寄方に向けてではなく、全体に向けての上申であるから、きっとさぞかし『壱岐守さま』にはお怒りを買うと思うが、ご老中方々のお目にも同時に入るようにいたさねば、やはり真っ当なご裁断は受けられんかもしれないゆえな」

「さようにございますね……」

と、答えた稲葉とともに、桐野や赤堀ら幾人かの者たちも、十左衛門の言葉にうなずいて見せている。

そんな皆の様子に勇気を得て、十左衛門は改めて、一同に問うてこう言った。

「御用部屋より、何ぞかお叱りのごときは、まず間違いなくお受けすることと相成ろうが、それでもこれを『目付部屋総意の上申』として、御用部屋に上《う》げ《え》ても構わぬか？」

「よろしかろうと存ずる」

そう言ってきたのは小原孫九郎で、他の八名も、それぞれが十左衛門と目を合わせてきて、しっかりとうなずいてくれた。

「かたじけない……。なれば、さっそく、上申の書状の草稿を書き上げて、まずは、おのおの方に精査していただこうと存ずる。それで、よろしいか？」

「なれば、ご筆頭。やはり草稿には、牧原どのにお力添えをいただいたほうが……」

赤堀が言い出して、稲葉と桐野、蜂谷や佐竹も、やけに大きくうなずいてきた。

今回ばかりは「末期養子の勇み足」のこともあり、どうやら十左衛門《こちら》は、少しく頼りなく思われているらしい。

そう思って、苦笑いしそうになるのを、十左衛門は必死にこらえるのだった。

八

今年正月明けに提出された石山克兵衛からの願書の実物を添えたうえで、一連の経緯を記した書状を十左衛門が出したのは、三日後のことであった。

書状の宛て先は、首座の老中「松平右近将監武元《まつだいらうこんのじょうたけちか》」である。

だが書面の内容は、御用部屋の老中方・若年寄方の両方に向けたものであり、まずは、くだんの「一通目」を勝手に奥右筆方の書庫から探し出して、それを報告せず、石山家に呼びかけて「二通目」を書かせてしまった事実を詫びた。

そのうえで、二通目を提出して程なく、石山克兵衛が自宅にて亡くなったこと、その報告《しらせ》を受け取った十左衛門が、単身で石山家に急行し、自己のみの判断で「末期養子の判元見届け」をしてしまったことも告白し、そのあまりに短慮な行為を、深く詫びたのである。

だが一点、目付十人の総意として、きっぱりと打ち出したのは、「石山家の存続は、極《きわ》めて正当だ」という意見であった。

その理由としては、まずは「石山克兵衛が一通目を出したのが、今年正月の松が明けてすぐの、五か月近くも前だった」ということ、そしてもう一点に、「その間にも石山は隠居願いが通るのを待ちながら、身体の不調をおして徒頭を務め続けていた」ことを、列挙したのである。

そうして最後に、「なぜ石山克兵衛が五十を過ぎてまで、養子をもらわずにいたのか」についても、十左衛門は書き記した。

当主が高齢になってきても、なかなか養子を決めずにいる武家のなかには、当主に若い側室なり、妾なりを持たせて、「何としても、当主の実子を……」と、諦めきれずにいる者も多い。

だが石山は、そうした理由で養子を決めなかった訳ではなく、二人いる養子候補の甥たちが「どちらも将来、身を立てることができるように……」と、甥たちの先々を案じて様子を見ていただけなのだ。

そんな石山夫妻の、根っからの人の好さや、徒組の組下の者らから信望されていた様子も、十左衛門は訴えのなかに、しっかりと書き記しておいたのである。

九

十左衛門よりの書状が御用部屋に届いたのはその翌日、ご老中方々が御用部屋に居並び揃う、朝四ツ（午前十時頃）過ぎのことであった。

今の老中方に在籍する老中は五人、そのなかで首座の老中を務めているのは、今年で本丸老中になって二十三年目の「松平右近将監武元」五十四歳である。

続く次席が、老中になって十二年目の「松平右京大夫輝高《てるたか》」四十六歳。

三席が、老中六年目の「松平周防守《すおうのかみ》康福《やすよし》」五十二歳。

四席が、去年、西ノ丸老中から本丸老中へと格上げになった「板倉《いたくら》佐渡守《さどのかみ》勝清《かつきよ》」六十五歳。

五席は現在、側近の長官である『側用人』を兼ねながら、『老中格』と呼ばれる老中見習いをしている「田沼《たぬま》主殿頭《とのものかみ》意次《おきつぐ》」五十二歳で、この田沼の前に、三年ほど前まで『側用人』を務めていたのが、四席の老中、板倉佐渡守であった。

一方の若年寄方は、全部で四人である。

まずは首座が、若年寄になって十年目の「水野《みずの》壱岐守忠見《ただちか》」四十一歳。

続く次席が、若年寄になって九年目の「酒井《さかい》石見守《いわみのかみ》忠休《ただよし》」五十七歳。三席が、若年寄になって四年目の「加納《かのう》遠江守《とおとうみのかみ》久堅《ひさかた》」六十歳。そうして末席の四人目が、若年寄三年目の「水野出《で》羽守《わのかみ》忠友《ただとも》」四十歳であった。

はたして、十左衛門ら目付方からのその書状は、まずは一番に首座の老中・松平右近将監に黙読され、次には次席の松平右京大夫、その次が三席の松平周防守というように、順に下位の者へとまわされていったのであるが、こたびの一件は経緯が入り組んでいるため、折《お》り文《ぶみ》の形の、なかなかに長い書状になっている。

その長めの書状を、老中五名、若年寄四名の、都合九人でまわし読みをしていくのだから、最後の水野出羽守が読み終えるまでには、小半刻（約三十分）近くの時間がかかったのである。

首座老中の次に読み終えて、あとの七人分の時間をじりじりと待っていた次席老中の松平右京大夫などは、生来の気の短さと、書状の内容の悪さが影響して、いらいらと最高潮に機嫌が悪くなっていた。

それゆえ、末席の若年寄である水野出羽守が、読んでいた書状から目を離したのを見て取ると、右京大夫は我慢できずに、首座の老中「右近さま」を差し置いて、鋭く声をかけた。

「おい、出羽《でわ》。終わったか?」

「はい。お待たせをいたしまして、申し訳ござりませぬ」

出羽守が折りたたみ直した書状を、自分がいる下座から、上座に列座している老中たちのもとへと戻しに行くと、その水野の手からひったくるようにして、右京大夫が書状を取って、若年寄たちをにらみつけた。

「こりゃ何だ? この体《てい》たらくは、どういうことだ?」

「申し訳ございません。首座の私の、監督不行き届きにございました」

畳に額をつけるようにして頭を下げたのは、首座の若年寄・水野壱岐守である。

するとその壱岐守に合わせて、他の三名の若年寄たちも、いっせいに平伏したが、なかの一人、三席の加納遠江守久堅が、平伏のままこう言ってきた。

「今年正月の月番は、私にてございました。私が、未だ読んでもいなかった石山何某《なにがし》の願い書を、すでに処理の済みました書状の山のほうに混ぜてしまったに相違ございません」

「それはそうでござろうて……」

と、横手から呆れてため息をついたのは、首座の老中・松平右近将監であった。

「正月の月番がそなたで、石山克兵衛の隠居願いの書状は、処理済みの木箱のなかで見つかったと申すのだから、『誤って、そなたが混ぜた』に決まっておろうが……」

何を今さら判りきったことをと、右近将監はまた一つ、大きくため息をついたが、横に座していた次席の右京大夫は、別のことに注視していたようだった。

「おい。そうしたところだぞ、遠江。おぬし今、あの願書の徒頭のことを『石山何某』と申したであろう。『石山何某』ではない。『石山克兵衛』だ。おぬしがせいで、楽隠居が遅れて、あたら命を縮めたのかもしれない者の名を、おぬしが覚えんでどうするのだ」

「はい……。あの、まことに申し訳も……」

加納遠江守は、よりいっそう畳に低く平伏して、まるで蛙のようである。

その姿に、右近将監と右京大夫の二人が目を合わせてため息をついていると、横から四席の老中である板倉佐渡守が、話しかけてきた。

「右近さま。して、ご処分のほどは、いかがに……？」

「…………！」

と、まだ平伏を解かずにいた加納遠江守が、かすかにびくんと身を震わせたようだった。

おそらくは「処分」の対象を、失態を犯した自分のことかと怯えているのであろうが、今はそんな加納遠江守のことなんぞより、急ぎ皆で合議をして、こたびの一件の落着をどう置くべきか、考えねばならぬ部分《ところ》が幾つもあるのだ。

畳の上で平たくなっている加納遠江守の背中を白々《しらじら》とした目で見やると、右近将監はこう言った。

「石山家の跡目《あとめ》相続の是非でござろう？　それなれば、むろん養子を認めてやるしかあるまいて」

「はい。それはもちろん、継がせてやるのがよろしかろうと存じますが……」

板倉佐渡守は少しく間をおいた後に、こう先を続けてきた。

「懸案は、目付のことにてござりまする」

「目付？」

横から口を挟んできた次席老中に、

「はい」

と、板倉佐渡守は、やけに大きくうなずいて見せてきた。

日頃から何かと十左衛門ら目付方を「良し」としている次席老中の言動に、四席の佐渡守は「否《いな》や」があるのである。

それゆえこたびの十左衛門の「失策」は、佐渡守にとっては、格好の攻めどころとなっていた。

「一通目の書状の在《あ》り処《か》を求めて、奥右筆方を荒ら探しいたしましたことは致し方なかろうとは存じますが、どうにも癪《しゃく》に障りますのは、それを隠して二通目を書かせたことでございますので」

「したが佐渡どの、それとても、仕方はなかろう。その二通目を新たに書いて出しておかねば、いつになっても石山は隠居ができぬゆえな」

右京大夫がそう言うと、佐渡守は、もとより気難しげに見える顔をよりいっそう険しくして、一膝前に乗り出してきた。

「そこが小賢しゅうございましょう。昔取った杵柄というやつで、牧原をいいように使って、こちらの手落ちをしっかと見つけておきながら、それを黙っておったのでございますぞ。おまけにそれを目付方でもない石山家の者らにまで伝えて、いわば偽《にせ》の二通目を書かせるなどと、それではまるで手落ちをしたこちらを、コケにしているようなものではござりませぬか」

と、長く話しているうちに、余計にどんどん腹が立ってきたのであろう。板倉佐渡守は、自分のすぐ横にいる昔から配下であった田沼主殿頭に向かって、同意を強要するようにこう言った。

「そうは思わぬか、主殿《とのも》。一通目を探して見つけたならば、それを素直に『こうでした』と、報せてまいればよいのだ」

「さようでございますな」

と、田沼主殿頭も、佐渡守にうなずいて見せた。

「さすれば、こちらも大急ぎで拝謁の日時を整えて、正当に養子も取らせてやれたものにてございましょう」

「そうであろう？　それをむざむざ、一件《こと》をより面倒にいたしたのは、筆頭の妹尾だぞ」

板倉佐渡守と田沼主殿頭の二人がこう主張するのには、なるほど正当に理由があった。

そもそもこの二人は生粋《きっすい》の中奥勤めの側近で、上様とはごく近い位置《ところ》で、いつもお仕えしていたのである。おまけに『側用人』という、中奥のなかでも一番に権威のある長官になっていて、田沼主殿頭などは今もその側用人を兼任しているため、本当に、すぐに拝謁の日時を設定できるのかもしれなかった。

「いやまこと、こうしてお二方《ふたかた》の話を聞くにつけ、『一通目を見つけた際《とき》に、素直に報せてくれておれば……』と、さように思えてまいりましたな」

上様に近い二人に急に意見を寄せたのは、これまでずっと「余計なことは、言わぬが花」と、沈黙を守っていた三席の老中・松平周防守である。

周防守はもとより「慎重派」といえば聞こえはいいが、できればいつも強い側に、自然な形でついていたいと考える性質《たち》の人物で、以前はべったり首座の「右近さま」や次席の「右京さま」に寄り添っていたのだが、去年、板倉佐渡守と田沼主殿頭の二人が老中方に加わってきてからは、上様に近い二人に気を遣って、こうして時折、意見も寄せるようになってきたのだ。

すると、三席が仲間に入ったことに気を良くしたか、またも板倉佐渡守が自論を披露して話し出した。

「何よりも剣呑《けんのん》なのは、やはり妹尾十左衛門にてございましょう。あやつは以前から、上様や右近さま、右京さまの覚えがいいことに胡坐《あぐら》をかいて、『我らは目付でございますゆえ、どなたの指図も受けませぬ』というように、何かといえば小癪《こしやく》な態度を取り続けておりますし……」

と、佐渡守が、ちらりと視線を「周防さま」に動かすと、さっそく三席も乗ってきた。

「まこと、勝手に末期養子の見届けをいたすなど、『言語道断』というところでございましょうなあ」

周防守自身は、別に目付方に対しても、十左衛門に対しても、何の感情も持ち合わせてはいないため、佐渡守への相槌《あいづち》も中途半端な代物《しろもの》になっている。

それでも、そんな周防守に合わせて、

「さようで」

と、静かにそう言ってうなずいたのは、田沼主殿頭である。そうして後を付け足して、こう言った。

「公明正大、公平公正が信条の目付であるならば、こたびの一件においても、石山家に無駄な私情など寄せずに、正規にできる限りのことをいたしておればよかったのでございます。周防さまが仰せの通り、御上が禁じた『五十を過ぎての末期養子の見届け』を得手勝手にいたしてまいるなどと、まことにもって、目付の御役を心得ぬ所業と申せましょう」

「うむ。よう言った」

上機嫌でうなずいているのは、板倉佐渡守である。

佐渡守は、老中としては四席ながら、もとは上様に一等近い『側用人』を務めていたという自負もあり、年齢も、首座の右近将監が五十四歳なのに対して、佐渡守は今年で六十になるのだ。

　三年前に側用人の職を、後輩の田沼主殿頭に譲る形で、まずは『西ノ丸付きの老中』となった佐渡守であったが、およそ一年で、今度は『本丸老中』にまで出世してきたのである。

　そうして「本丸付きの老中」となって、今年で二年目。去年は一年、様子見《ようすみ》で、なるだけ控えて喋らぬようにしていたのだが、最近はもう遠慮はせずに、自分が「こう」と思う時には、存分に、意見は言うようにしている。

　だが一人、次席の右京大夫ははっきりと、顔に不快を表していた。

　そしてまんざら「負け惜しみ」という訳でもなく、中奥側の三人に向けて、真正面にこう言ったのである。

「むろん末期養子の禁則を破った事実については、十左にも相応に沙汰はあるべきかと存ずるが、『石山に無駄な私情など寄せずに……』と申された先程の主殿どのがご発言だけは、間違いでござるぞ。十左が石山を守らんとしたのは、無駄な私情からではない。幕臣を監察し、監督し、指導する目付の職として、守ってやるべき幕臣家を一家、しごく正当に守ろうといたしただけだ」

「右京どの……」

と、小さく声をかけてきてくれた首座の「右近さま」にうなずいて見せると、右京大夫は更に力を得たように、居並んでいる一同を見渡して、先をこう続けて言った。

「忘れてはならん。我らのここ『御用部屋』で、間違いがあったのだ。日々のあまりの忙しさに、おそらくはこうした隙が出たのであろうが、それを言い訳にして御用部屋《こちら》の非を認めぬようでは、もはや政治《まつりごと》はできぬ。上様のご信頼を失い、配下《した》の信望も失《うしの》うては、誰一人として我らについては来ぬであろうて」

「…………」

「…………」

さすがに反論はできかねるのだろう。板倉佐渡守も、田沼主殿頭も、居住まいを正したまま、目だけを伏せて拝聴の形を取っている。

長い中奥勤めで、顔面から感情を消すことには慣れている二人であるから、今、何を考えているかは読めなかったが、そんな一同を取りまとめて、老中首座の右近将監が口を開いた。

「なればこれより、裁断《さいだん》の決を取ろうと存ずる。まずは、亡き石山克兵衛が石山家に存続を認めるか否かでござるが……」

こうして御用部屋では、首座の老中・松平右近将監の先導で、こたびの一件についての裁決の合議が始まったのであった。

十

はたして目付筆頭の妹尾十左衛門久継は、「末期養子の禁を破って、不正に判元見届けをおこなった」として捕らえられ、幕府からの正式なお沙汰を待って、他家へと「預け」の身となった。

罪を問われて他家へ預けとなる他の罪人武家たちと同様に、親類や縁者である他家の旗本の屋敷に軟禁されるのである。

他家というのは亡き母の実家で、十左衛門にとっては昔よく遊びにも来た祖父母の屋敷であったが、今はもうその頃からは当主が三代も変わっており、おまけに目付は親兄弟と伯父（叔父）や甥の家までしか付き合うことができないため、従弟ですらないこの屋敷の年若い当主とは、これまでは会ったこともなかったのだ。

当主は「佐是眞太郎《さぜしんたろう》」という、弱冠《じやっかん》十四歳の少年旗本である。

家禄九百五十石の佐是家は、妹尾家と同様、古参譜代の家柄で、眞太郎の父親である先代の当主「常之助《つねのすけ》」は、十左衛門にとっては幼い頃によく遊んだ、一つ歳下の従弟であった。

だが常之助は二年前、四十五歳になった年に急な病で亡くなってしまい、常之助の妻女もそれに先立つこと八年前に、末子の三女の出産で命を落としていたため、佐是の家は、当時まだ十二歳であった嫡男の眞太郎を当主として、常之助の子らだけで引き継ぐことになったのである。

その常之助の葬儀の際にも、『目付』は従兄弟《いとこ》の家には大っぴらに出入りはできないため出席できず、十左衛門は仕方なく妹の「咲江《さきえ》」に頼んで、香典や供物を届けてもらったのであった。

以来、咲江は、子供ばかりになってしまった佐是の家を心配して、折につけ自分の子も同伴させては、佐是家の様子を見に来ているらしい。

今この佐是の家には、十四歳になった当主・眞太郎のほかに、眞太郎の次姉にあたる十七歳の「香純《かすみ》」と、この家の末子である十歳の妹の「美津《みつ》」がいる。姉弟妹《きようだい》としては、香純の上にもう一人、二十二歳になる長姉がいるのだが、その長姉はまだ父親が存命なうちに他家へと嫁していた。

そんな訳で、常之助亡き後の佐是家を実質的に守ってきたのは、この家の次女である香純であった。

こたび父親の従兄である十左衛門を「預かる」にあたっても、この十七歳の香純が中心となって動いていて、当主である弟の眞太郎や、妹の美津、用人をはじめとする佐是家の家臣たちは、香純を女主人として頼りにしているようだった。

「いかがですか、妹尾の小父《おじ》さま。こう見えて、なかなか私、将棋《しょうぎ》も強うございましょう？」

「うむ……。これは、いかんな……」

今、十左衛門は、香純と眞太郎、美津の三姉弟妹とともに居間にいて、無聊《ぶりょう》を慰《なぐさ》めるべく始めた将棋で、香純に負けそうになっているところである。

この一局の前には、眞太郎が香純と対戦して負けていて、その悔しさを引きずってか、さっきから眞太郎は十左衛門のほうを応援して、時折、一緒に指し手を考えたりしているのだが、男二人がかりでも、勝てそうな気配はない。

事実、それから互いに五手も指し合わぬうちに、十左衛門は負けてしまった。

「ほら、ご覧《らん》なさい、眞太郎。あなたが妙な口出しをして、さっき小父さまにあんな一手をお勧めしたから、こうなったのよ」

「………」

眞太郎が責められているのは、さっき十左衛門が王手をかけられる三手ほど前に指した一手のことで、どこにどう指したものかと迷っていた十左衛門に横から眞太郎が助言して、「小父上《おじうえ》、ここなれば……」と指させたものであった。

「いや、儂《わし》も、いっこう先が読めんでな。昔も幾度、常之助と将棋をしても、まるで勝てんかったのだ」

「そういえば、眞太郎も父上に『おまえは勝ちを急ぐから、勝てんのだ』と、よう言われておりました。思うてみれば、さっきの一手も、その通りでございましたし……」

「……私、庭で、剣の稽古をしてまいりまする」

眞太郎がすっかりふくれて座敷を出ていってしまうと、その背中を眺めながら、香純はやおら、横にいた妹の美津に顔を寄せて言い出した。

「兄上のご様子を見ておいでなさい。あまりにふくれているようだったら、慰めてさしあげて」

「はい」

と、美津は、まだ十歳ながらも心得た様子でうなずいて、眞太郎がいるだろう庭のほうへと走り去っていった。

その美津を見送ると、香純は、今度は十左衛門のほうへと向き直ってきた。

「あの、小父さま。ちとよろしゅうございますか？」

と、なぜか香純は、やけに声を落としている。そうして急に、こんなことを言い出した。

「うちの家督のことなのでございますが、実は以前から父方の叔父たちが、『今のうちに、眞太郎にも養子を取っておけ』とそう言って、父のすぐ下の叔父の次男を、養子に勧めてきておりまして……」

「では、そなたらの従兄弟《いとこ》ということか？」

「はい。今年で二十歳《はたち》になられたそうにございます。従兄といってもご次男なためか、これまでは親族の集まりなどにもお顔は出されませんでしたので、まだ一度もお会いしたことはないのでございますが……」

「さようか……」

と、十左衛門も目を伏せた。

たしかに眞太郎はまだ十四歳で、くだんの「末期の急養子を許されない十七歳以下、五十歳未満」に入っているため、万が一の場合に備えて、養子を決めておけということなのであろう。

だが現実、いま元気いっぱいで、日々すくすくと少年から青年へと育ちつつある眞太郎の死を仮定して、六つも歳上の従兄を養子に取っておくなどというのは、この佐是家の者たちにとっては受け入れがたいことであるに違いなかった。

むろん眞太郎はこの先も普通に成長し、しかるべき年齢になれば嫁も迎えて、子も生《な》すであろう。そんな時分になれば、必ずや、「養子」の肩書になったその従兄や叔父たちと揉めることとなるのだ。

「して、そなたや眞太郎どのは、どう考えておるのだ?」

「もちろん、嫌でございます」

香純ははっきり言い切ると、小声のまま、先を続けた。

「最初にこの話をいただきましたのは、父が亡うなってから本当に幾らも経たないうちで、私ども姉弟はもちろん、うちの用人や若党たちも、皆で腹を立てていたのでございますが、そのあとも折あるごとに叔父たちは、それはしつこく言ってまいりまして……」

近頃では叔父たちも遠慮がなくなったものか、ある時などは叔父の一人が香純に向かい、「どうせおまえのことだから、眞太郎に何ぞかあった暁《あかつき》には、自分が婿取りをして家を継ごうと考えておるのであろう?」と、口汚く、そう言ってきたという。

「何だな、それは……」

まだ十七の香純が、懸命に家や弟妹を守っているというのに、その言い方はないであろう。

そう思って十左衛門が顔をしかめていると、だが横で、ふっと香純が表情をゆるませて、何かを思い出したようだった。

「でも大丈夫でございます。先日、咲江の小母《おば》さまが遊びにいらしてくださった時に、つい私、愚痴をこぼして、二人きりということもあって、泣いてしまったんですけれど、そうしたら小母さまが『当たり前だ』と、そう言ってくださって……」

他者《ひと》に取られるぐらいなら、貴女《あなた》か美津がお婿を取って継ぐほうがどれほどいいか、そんなのは当たり前のことだ。いざともなれば、お婿なんぞは選《よ》り取り見取《みど》りで、幾らでも探してきてあげるから、もうそんな親戚の戯言《たわごと》など忘れてしまいなさいと、咲江は豪気にもそう言ってきたらしい。

「ほう……。いやまこと、咲江《あやっ》らしいな」

「はい。私、小母さまのこと、それはもう大好きでございますの」

そう言って香純は、元気な笑顔を見せている。

「そうか」

と、十左衛門も笑ってうなずいて見せた。

「この先も何ぞか困り事ができた折には、咲江に言えば、儂がところにもすぐに伝わるようにいたすゆえ、何なりと言ってまいれよ。表立って、佐是家《ここ》に参ることはできずとも、咲江を通せば幾らでも相談に乗ることはできるゆえな」

「はい。お有難う存じます。よろしゅうお願いいたします」

香純は改めて頭を下げると、

「ちと、うちの総大将の様子を見てまいりますね」

と、茶目っ気たっぷりにそう言って、座敷を出ていった。

だがそんな香純自身も、本当はそろそろ嫁入り時なのである。

いま十四の眞太郎が、くだんの「末期養子が許される十七歳」になるまでには、あと三年もかかる。それをしっかと見届けて安心してから、自分が他家へ嫁に出ようとするのなら、香純は二十歳を超してしまう計算となった。

だがたぶん、香純はそのつもりでいるのであろう。

そうして二十歳を過ぎてしまえば、そうそう良い縁談は見つからず、後妻の口しかなくなってしまったり、嫁入り先自体が見つからなくなったりするかもしれないと思っても、今の香純には「眞太郎や美津を放って、嫁に行く」という選択肢は選べないに違いなかった。

　むろん咲江と相談をして、香純の将来《さき》のことについても、何とか良いように考えてやるつもりではいるのだが、つまりはこんな身近なところにも、「末期養子の対象から漏れて苦しむ幕臣家が存在する」ということなのだ。

　こうした幕臣家が決して少なくない事実《こと》は、重々承知しているつもりであったが、その幕臣家一つ一つにそれぞれ込み入った事情があり、程度の差こそはあろうが、どの家も目付《めつけ》方としては、きっと「救ってやるべき」家ではあるのだろうと思われた。

　そんな、しごく当たり前のことに、自分は気づいていたであろうか。

　石山家のあの「澄乃」のなかに、今は亡き自分の愛妻「与野《よの》」の姿を重ねて、石山家を特別にして、肩入れしてしまってはいなかったであろうか。

　そして何より、目付の信条である公平公正に、本当に則《のっと》ることができていたのであろうか。

　今更ながらに、十左衛門は我が身が恥ずかしく、情けなくて仕方がなかった。

　石山克兵衛の訃報を澄乃から受け取った時点で、すぐに目付部屋で合議にかけて、「この先をどうするべきか」と、皆に諮《はか》ればよかったのだ。

　それをせず、カーッと頭に血を上《のぼ》らせて、単身《ひとり》ですべてを背負うつもりで馬を走らせていた自分が、たまらなく恥ずかしい。

こんな自分であったから、今こうして御上よりお叱りを受けて、罪人として他家へ「預け」の身となっているのである。

むろん十左衛門が「預け」となった経緯については、この家の者たちはすべて承知しているから、香純も、眞太郎も、用人ら家臣の者たちも、こたび十左衛門《こちら》がしでかした「禁則の判元見届け」については、「石山さまというお家を、守って差し上げようとしたのですもの……」と、良いように受け取ってくれている。

そんな次第があるから、さっき香純もああやって相談をしてきたのであろう。

だがこうして温かい扱いを受ければ受けるほどに、十左衛門は、自分が情けなくてたまらなくなった。

香純からこの佐是家の相談を受けて、改めて、今回の一件に対しての自分の言動が「目付としてはお粗末で、判断を大きく誤っていた」ことに、心底から気づいたのである。そんな自分が、健気に暮らしている香純ら姉弟妹たちに余計な面倒をかけているのが、申し訳なくて仕方がなかった。

思うてみれば、これまでは、他者《ひと》の世話を焼いて、自分の屋敷で面倒を見ることはあっても、他家に頼って面倒を見てもらうことなどなかったのである。

朝起きて、朝飯から始まり、何の役にも立てぬまま昼飯を出してもらい、夕餉の用意や風呂や寝床の支度までしてもらって一日を終えるという暮らしは、これまで自分が想像をしていた以上に情けなく、みじめなものであった。

これがおそらく、「預け」というものなのだ。

目付の職に就いて二十年あまり、これまで多くの案件で、多くの幕臣たちを他家へと「預け」にしてきたが、それがどういう意味を持つものかが、初めて判った。

これまで自分は「目付」として、それなりの自負を持って職にあたってきたのであるが、とにかく毎日ただ忙しく仕事をしていられたことが、どれほど貴重で幸運なものであったのか、今更ながらに身に染みて思い知らされるようである。

そうして十左衛門が毎日毎日少しずつ、これまで築いてきた自信や自負といったものを失っていた頃に、突然、この生活の終了《おわり》が来た。実に、半月以上も経ってのことである。

逃げられぬようにと、馬ではなく、戸付きの駕籠に乗せられて、周囲がまるで覗けぬままに運ばれていったその先は、老中首座の松平右近将監武元の上屋敷であった。

その「右近将監さま」のお屋敷で十左衛門に下《くだ》ったお沙汰は、『慎《つつしみ》』という三十日間の謹慎の刑であった。

自家の門戸を閉じ、屋敷からは一歩も外に出ず、家中の他の者たちも、どうしても出なければいけない用事で屋敷の外に出る際には、必ず裏口から目立たぬように、こそこそと出入りをしなければいけないのである。

当主である父親が罪を得れば、その息子は連座《れんざ》しなければならないから、『書院番士』としてお役を務めている笙太郎《しょうたろう》も、十左衛門とともに謹慎となった。

佐是家に「預け」となって過ごしていた半月とは違い、自分の屋敷で生活はできるため、「何もかもを他者《ひと》の世話になっている」という苦しさからは解放されたが、まだ若く番入りしたばかりの、いわば「これから……」という笙太郎の将来に傷をつけ、家臣たちにも人目を避けて日陰者のように過ごさせていることが、十左衛門にとっては、ひどく苦しいものだったのである。

それでも粛々と日は過ぎていき、『慎』の三十日はとうとう明けて、十左衛門も笙太郎も、それぞれ御役に戻ったのであった。

十一

「ご筆頭！　まことに、ようございました」

そう無造作に口にしてきたのは、やはり蜂谷新次郎であった。

十左衛門が久方ぶりに出勤してきた目付部屋には、まだ明け六ツ（午前六時頃）を少し過ぎたばかりということもあって、前日からの『宿直番《とのいばん》』である蜂谷と桐野の二人と、今日の『当番』である佐竹と牧原の二人のほかには、目付はいない。

こたびの一件については、目付十人、顔を揃えて、あれだけおのおの遠慮なく意見を言い合って決めた御用部屋への上申であったから、「ご筆頭」の十左衛門が、都合、一ヶ月半《ひとつきはん》も目付に戻れずにいたことについても、皆ある程度は覚悟の上だったようである。

こうして今、久しぶりに話していても、四人とも、十左衛門《こちら》に屈託のある様子はいっさいなくて、ただただ「今までどんな案件がどれほどあって、どんな風に帰着を迎えたか」についてを、それぞれが十左衛門に報告の形で、次々と話して聞かせてきただけであった。

だがその一通りを四人が話し終え、十左衛門《こちら》もそれを聞き終えてみると、やはりとたんに妙な沈黙と居心地の悪さが、場を覆《おお》ってきたのである。

やはり皆、だいぶこちらに気を遣ってくれていたらしい。

つまりは無難に「十左衛門が留守の間の、仕事の報告に逃げていた」だけで、いざそれをすべて話し終えてしまうと、十左衛門には「急所」となる石山家の一件の話にならざるを得なくなり、ぎくしゃくとし始めたのである。

そしてとうとう、桐野が口火を切って、訊いてきた。

「お預けや、お慎みの頃は、どうなさっておられたのでございますか？」

「いや……」

訊かれて十左衛門は、力なく笑って言った。

「正直、あれほどに、『他家へ預け』が苦しいものとは思わなんだ。これまで幾十人ときかぬほどに、平気で他者《ひと》を他家に預けにしてきたが、これからは預けの先を決めてやるのが、怖ろしゅうなりそうだ」

そう言って十左衛門は、さして本気で訊かれた訳ではないのも承知しながら、「預け」の半月や、「慎」の一ヶ月《ひとつき》についてを、問わず語りに皆に話して聞かせたのである。

だが、あの当時には、あれほどに情けなく、自分がみじめでならなかったというのに、こうして皆を前にして話していても、不思議に恥ずかしさはない。

もしかしたら、あのみじめで苦しかった期間に、自分が今まで勝手に誇らしく感じていた自身への自負や自信が、真っ当《まとう》な形で、真っ当な大きさにまで縮んだのかもしれなかった。

つまりはきっと自分は、自分でも気づかぬままに、どこか尊大になっていたのだ。

そんな風に改めて気がついて、十左衛門がかえって心静かになっていると、牧原が遠慮がちに、懐《ふところ》から何かを取り出して渡してきた。

文《ふみ》である。

「石山《いしやま》家のご妻女から、ご筆頭に向けましての、感謝の文でござりまする。あの後、十日と経たぬうちに、無事、石山家のご養子は御目見えが叶いまして、家督はむろん存続となり、いっさい何のお咎めもなく相済みましてござりまする。それゆえ石山家のご妻女も、ご家中の方々も、とにかくご筆頭に直《じか》にお会いして、御礼を申し上げたいと……」

「いや……。さすがにな、会わんほうがよかろうて」

「はい。さようでございますね……」

牧原にしてはめずらしく、はっきりと肯定《こうてい》してきた。

これでいいのである。

もしかしたら、この難しかった一件の一番の功名《こうみょう》は、目付十人、皆がこれまでよりも忌憚《きたん》なく意見が言えるようになったことかもしれなかった。

いつの間にか、自分がただ「筆頭として」だけではなく、皆を「仲間」と心底から頼りにしていたことに、十左衛門はしみじみと嬉しさを感じるのだった。

時代小説
二見時代小説文庫

家頼《いえだの》み　本丸《ほんまる》　目付部屋《めつけべや》15

二〇二四年　六　月二十五日　初版発行

著者　藤木《ふじき》　桂《かつら》

発行所　株式会社　二見書房
〒一〇一-八四〇五
東京都千代田区神田三崎町二-一八-一一
電話　〇三-三五一五-二三一一［営業］
　　　〇三-三五一五-二三一三［編集］
振替　〇〇一七〇-四-二六三九

印刷　株式会社　堀内印刷所
製本　株式会社　村上製本所

落丁・乱丁本はお取り替えいたします。定価は、カバーに表示してあります。

ISBN978-4-576-24043-5
https://www.futami.co.jp/historical

森 詠

御隠居用心棒 残日録

シリーズ

以下続刊

①落花に舞う

「人生六十年。その後の余生はおまけだ。あとは自由に好きなように生きよう」と深川《ふかがわ》の仕舞屋に移り住んだ桑原元之輔《くわばらげんのすけ》は、羽前長坂《うぜんながさか》藩の元江戸家老。そんな折、郷里の先輩が二十両の金繰りに窮し、娘が身売りするところまで追い込まれていると泣きついてきた。そこに口入れ屋の扇屋伝兵衛《おうぎやでんべえ》が持ちかけてきたのは「用心棒」の仕事だ。御隠居用心棒のお手並み拝見！